李王家の縁談

林 真理子
Hayashi Mariko

文藝春秋

李王家の縁談

装画　松山ゆう
装幀　大久保明子

一

梨本宮伊都子妃《なしもとのみやいつこひ》といえば、美しいだけでなく聡明で卒直なことで知られている。結論をつけるのが早く、それがかなうための最良の手段を尽くす。後の時代の言葉で言えば、合理性というものを身につけていて、それは貴婦人にはまことに珍しいものであった。

日本赤十字社を支え活躍した伊都子妃が、以前「最新の月経帯」なるものを考案した時、世の人々は、

「さすがに鍋島のお姫《ひい》さまであられる」

と感心したものだ。

佐賀藩主だった鍋島という家は、進取の気性にとんでいることで有名だ。伊都子妃の祖父にあたる直正公は幕末にあって、いち早く西洋医学を取り入れ軍備の近代化に取り組んだ。わが国で初めて反射炉による大砲をつくり上げたのも直正公である。

この嫡男の直大公《なおひろ》がただのお殿さまのはずはなく、維新後は岩倉使節団の一人としてアメリカに渡り、その後イギリスに留学している。

伊都子が生まれたのは、父直大公がイタリア特命全権公使としてローマに駐在していた時だ。イタリアの都で生まれた子どもとして、伊都子と名づけられた。母は鹿鳴館の花とうたわれた栄《なが》子《こ》だ。妻を亡くした直大の後添いに入った。

栄子は美人で知られていたが、伊都子はさらに美貌であった。十歳を過ぎた頃から整った気品高い顔立ちが知られるようになり、縁談がいくつか持ち込まれた。そして明治二十九年、数え十五の時に、梨本宮守正《もりまさ》王との婚約が調ったのだ。

大きな声では言えないが、これが人が言うほどの「玉の輿」だったかというと、微妙なところであったと伊都子は思う。

明治二十九年、天皇が大層貴い素晴らしい方だというのは、伊都子はもちろん、日本国民にも浸透していた。

が、宮家というのはどうであったろうか。幕末近くまで、この国には宮家は四つしかなかった。しかも家を継ぐ者以外の男子は出家することと決まっていたのである。

江戸の時代、京都の天皇家は常にお手元不如意であったが、宮家はさらにつらいことが多かった。しかも身分がとびきり高いかといえばそんなこともなく、公卿筆頭の五摂家の下ということになっている。双方の牛車がすれ違う時は、宮家の方が傍にどくことになっていたほどだ。

この屈辱的な立場から、一気に踊り出たのが久邇宮《くにのみや》朝彦親王だ。この方は伏見宮邦家親王の四男に生まれたが、母は側室であったし、育ったのは町中である。そして九歳で寺に入れられた。やんごとなき方としてこき使われはしなかったものの、外に出れば、女中やそのへんの男衆にひっぱたかれたということだ。よほどやんちゃだったのだろう。

しかし維新という時代のうねりは、彼の運命を変えた。尊皇攘夷を唱える志士たちにかつがれた末、政治の中枢に入ることになる。孝明天皇の許しを得て還俗《げんぞく》し、中川宮（のちの久邇宮）という新宮家を立てたのは、彼が四十近い時だ。

梨本宮守正王は、この朝彦親王の四男である。明治七年の生まれであるから、世の中はまだ混沌としている。奈良で生まれ、側室の母と共に知り合いの家を転々とした。長いこと親切な医師の家でやっかいになり、そのままだと貧しい宮家の末裔として、どこかの寺に入ることになったに違いない。

ところが梨本宮家の当主が急きょ山階宮を継ぐことになり、守正にその座がまわってきた。十一歳の時である。

それから時はたち、宮家も増えたが、地位もあがった。朝彦の子どもたちはもちろん、他の宮家の男子たちも次々と新たに宮家をたてたのだ。伊藤博文や山縣有朋たちは、これ以上宮家が増えることを案じて、皇室典範の中で養子を禁止するとした。こうしたことを、明治天皇は苦々しく思われたらしい。ご自分の娘たちを次々と宮家の次男、三男などと結婚させ、三つの新しい宮家をつくったのだ。

伊都子が守正王に嫁いだのは、皇室典範が出来た十一年後の明治三十三年十二月である。明治天皇のご意志による内親王たちのご結婚は別として、幾つかの宮家が男子がいないために絶家となった。そして家を継ぐ男子以外はどうなるのだという論議になる。宮家はまだ混迷の中にあったといってもいい。

そして歳月はたち大正四年の今、宮家はかなり整理され、その繁栄の中にある。人々の崇敬も高まり、華族とは文字どおり格が違うのである。

しかし伊都子が産んだのは二人とも女の子である。長女の方子《まさこ》を産んだ後に、伊都子は一度妊娠した。この時は男子だったような気がして大層期待したものだ。出血をみて流産に至る経過を、伊都子は刻明に日記に書いている。浣腸をしてもらい便通があったことまで、宮妃とは思えぬ正確さだ。

伊都子は幼ない頃から日記を書く習慣があった。だから今日のことも、日記に記したいのであるが憚られた。それは内裏《だいり》に関することだったからだ。

午後に母の栄子が渋谷の屋敷に訪ねてきた。そして皇太子妃が久邇宮良子《ながこ》女王に決まったと教えてくれたのだ。久邇宮邦彦《くによし》王は、梨本宮守正王の兄にあたる。

ということは、方子と良子とは従姉妹になる。宮家はたいていが近い親戚だ。元はといえば、子だくさんの伏見宮邦家親王の男子や孫などが、維新後いっせいに宮家をつくったのである。

「ごくごく内密な話だけれども、後は勅許を待つだけだというのですよ」

栄子はその後、かなり声をひそめた。

「まあさんにお決まりになられたら、どれほど嬉しかっただろうけれど」

侯爵夫人である栄子は、孫である宮家女王にそのように敬語を使う。

「世間では、良君《ながきみ》さんかまあさんのどちらかと言われていたのに」

「そんなことはないでしょう」

伊都子は頭の中で、すばやく計算をした。時の権力者たちは本当にしつこく細かくて、明治四十三年には皇室親族令というのをつくった。そこには、

「天皇皇后を立つるは皇族又は特に定むる華族の女子」

と明記されている。この華族とは新興の貴族ではない元の公卿たち、近衛、九条、一条、二条、鷹司の五摂家だ。しかし皇太子妃にふさわしい年齢の女子は、宮家だけでも十一人いた。条件にかなう華族を入れると十八人である。

内裏の中の話というのは、ひそやかに確実に伝わってくるのであるが、かねてから明治天皇は、皇孫の裕仁《ひろひと》殿下には宮家の女王をと望んでいらしたという。維新という綱渡りを経験なさった大帝としては、さらに皇室が強固になることを望んでいたのだ。

それは母親であられる節子《さだこ》皇后も同じお考えらしい。ご自分のご実家よりも上の家をとお心に決めているとか。だったら方子でもいいのではと母は嘆いているのであるが、伊都子は冷静にこ

う判断を下した。

「皇太子殿下は、前から良宮《ながみや》さんをお気に召していると聞いていました。良宮さんはあのように美しくていらっしゃいますもの」

父親の久邇宮邦彦王は、ずんぐりとした男で美男子とはほど遠い。しかし長女の良子女王は、白い肌に切れ長の目、小さな唇と女雛そのままの顔立ちだ。

「それはそうかもしれませんが、まあさんも負けずにお綺麗でいらっしゃる」

「それは身びいきというものでしょう」

栄子、伊都子と、宮中一の美女の名を、ほしいままにしてきた母娘であるが、ここにきて翳りが出てきたのを、伊都子は認めざるを得ない。目や鼻の形も、自分に似ているのであるが、父親の茫洋さが入ると、方子をおとなし気な平凡な娘にしてしまう。それは残念であるが、中身は自分譲りで利発でしんが強い。どこへ嫁がせてもうまくいくのではないかと、伊都子は考えているのである。

「こうなったら、まあさんのお相手をすぐに決めなくてはなりませんね」

方子は十四歳になるが、婚約するのに決して早過ぎることはない。皇族の娘は生まれ落ちた時から、配偶者を探し始めるのが常である。しかしもしかしたら皇太子妃にという輝やかしい枷が、梨本宮家の動きを鈍くしていたのである。

伊都子は再び頭を働かす。あの宮家、あの侯爵と親の顔と息子たちの年齢を思い浮かべる。栄子も同じことをしていた。やがて言う。

「今のところ、淳宮《あつのみや》さんしかいらっしゃらないのではないか」

淳宮は皇太子のひとつ下の弟だ。ということは、皇太子と同い齢の方子よりもひとつ下ということになる。兄上よりも活発なご性格だという噂だ。といっても、皇太子殿下がお決まりだからといって、その弟を持ち出す母の気の早さに伊都子は苦笑してしまった。

「いずれにしても急がなくてはなりません」

立ち上がりながら栄子は言った。

「出来るならば、東宮さんのご発表よりも早い方がよい。良宮さんとのご婚約が発表となれば、まあさんは選ばれなかった娘、ということになるのですからね」


母が帰ってから、伊都子は女中に命じて熱い茶を持ってこさせた。ふと二人とも手をつけなかった苺を口にふくむ。そしてそれが久邇宮家からの届け物だということを思い出した。この屋敷から近い渋谷宮益坂に、何人かの宮たちは果樹園を持っているのだ。苺は甘く、あまりにも立派でこれはまさか女王の婚約を伝えるものではないかと疑ってしまうほどであった。

「皇太子妃は、無理なことであった」

つぶやくと諦めと共に、さまざまな場面が浮かび上がってくる。どうしたことだろう、ぼんやりと記憶に残っていることが次々と浮かんできて、しっかりとした骨格をつくるのだ。

「やはり無理だったのだ。あの方が皇后でいらっしゃるのだから」

それは明治三十三年の夏であった。新婚の嘉仁皇太子と節子妃が、日光、田母沢《たもざわ》の御用邸にご静養にお出かけになった。生まれつき体が弱いとされていた嘉仁殿下であったが、その頃は健康で避暑地の夏を楽しまれていたのである。

そんなある日、嘉仁殿下は突然やはり日光にあった鍋島家別邸にいらっしゃったのだ。侍従と武官が一人ずつという気楽さで、犬を一匹連れていらした。それは伊都子が見たことがない不思議なかたちをしていた。長細くて足が極端に短かい。

「この犬はダックスフントというのだ。英国の大使からもらったものだ」

というようなことをお話しになり、一時間半ほどでお帰りになった。

貴人への礼儀として、父直大は次の日、お礼にうかがった。そして二日後、直大は陪食のために御用邸によばれた。その時にまた殿下は、

「明日、またそちらへ行こう」

とおっしゃった。

次の日本当に殿下はいらっしゃった。あの奇妙な犬をつれて。煙草をお吸いになりずっと椅子にお座りになっている。犬を膝にのせ、何をお話しになるわけではない。一時間半もたった頃、突然、犬を伊都子に渡した。

「この犬を伊都子に預けるから、ちゃんと世話をしてやってくれ」

犬など飼ったことがないが仕方ない。えさを与え、二日後伊都子は首に紐をつけて散歩に出た。するとまた殿下にお会いした。

「犬は元気そうではないか」

が、殿下は犬など見ていなかった。じっと伊都子の顔を見つめていたのだ。

それからも何度も皇太子はやってきた。お礼ということで、次の日、伊都子は父と一緒に御用邸に行く。するとまた殿下がいらっしゃるという繰り返しだ。

この間、節子妃は父上がご危篤だということで急きょお帰りになってしまった。しかしこれは嘘で、しょっちゅう鍋島邸に行く新婚の夫に腹を立てられたのである。

今ならわかる。殿下は、伊都子に心を奪われてしまったのだ。宮家の娘でも、五摂家の娘でもないサムライの娘。どれほどの美貌であっても、サムライの娘で侯爵の娘では、皇太子妃の候補になることも難しかった。しかし嘉仁殿下は、日光で伊都子を見つけてしまったのである。が、どうすることも出来ない。伊都子はもはや梨本宮守正と婚約をしていたのである。

あの犬はおそらく殿下が分身として伊都子にお与えになったものに違いない。伊都子が抱いて一緒に東京に帰ったものの、直大が、

「おそれ多いことだ」

と殿下のもとにお返ししてしまった。その後どうなったかわからない。

これはおよそ皇族や華族に連なる者なら、誰でも知っている話であるが、嘉仁殿下のお妃は、

伏見宮禎子《さちこ》女王と内定していたのだ。禎子女王は、伊都子も昔からよく知っている、肌が透けるように白い美少女であった。が、その白い肌が仇となり、肺病の疑いがあるということで、破談となったのである。

そして次に選ばれたのが、九条道孝公爵令嬢の節子姫だったのだ。節子は学習院で「九条の黒姫さま」と呼ばれていた、色黒の健康な少女だ。幼ない時に農家に里子に出され、駆けっこも木のぼりも何でもした。

学習院関係者の一人が、

「健康の他はとるところなし」

と辛らつなことを言ったらしいが、病弱な嘉仁殿下をよく支える、賢こい皇后となられた。何よりの手柄は、男子を三人もあげられたことだ。そして今もご懐妊中であられる。

禎子女王の方は、降嫁して山内豊景侯爵夫人となった。相変わらず美しいが、未だに子どもはいない。

勝敗はついたというべきなのだろうが、それでも節子皇后は、おさみしいお心を持っていると皆は言う。ご自分が色黒だということと、あまり美しくあらせられないことに、ひけめを感じていらっしゃるというのだ。

伊都子は二十年近く前の、あの日光の夏を思い出すのである。まだ若い節子妃がどれほど傷つかれたか、どれほどお心が騒いだか、と思うのは傲慢であろうか。しかし伊都子は、裕仁殿下のご婚約を聞いた時にとっさに感じた、やはりという思いをぬぐえないのである。

しかしもうこうなったからには仕方ない。方子に新しい相手を見つけなくてはならないだろう。

母は言った。

「裕仁殿下の発表がある前に」

そうだ急がなければならないと、伊都子は苺を舌の上でころがしてみるのだった。

伊都子は注意深く情報を集めるようになった。あくまでも注意深くだ。

その結果、宮家には方子と釣り合う年齢の男子は、淳宮は別にして、六人いることがわかってくる。しかし二人は年下であったし、二人は婚約しており、一人は素行が悪かった。そして一人は病弱で療養中である。最後の一人は、側女に子どもを産ませている。明治の世ならともかく、今では醜聞ということになるだろう。守正にしても、やさしく誠実な夫であった。美しく華やかな妻をこよなく愛し、自慢にしている。

淳宮の件は到底無理だろう。どうやら節子皇后は、夫に代わって後の二人の親王のお妃選びをなさるようだ。頻繁に女子学習院にいらしているらしい。

それならばと、方子の相手を公爵、侯爵、伯爵まで広げてみるのであるが、これは伊都子にとって気が滅入る作業となった。

自分が嫁した頃よりも、はるかに宮家の価値は高くなり、天皇家に準じるものとして扱われるようになった。

方子が通っている学習院にしても、宮家と華族との区別ははっきりとつけられている。教室でいちばん前の席に座るのは、宮家の女王たちだ。学習院の生徒にはお供の者がつき、授業中は別室で縫い物などをしながら待っているが、この部屋も宮家と華族とでは別々になる。

あの伏見宮禎子にしても、山内侯爵夫人となってからは、行事の際は伊都子に深く頭を下げる。方子をそんなめにあわせたくなかった。もし方子が華族に嫁ぐとなると、皇太子妃となった従姉の良子に、深々と礼をしなくてはならないのだ。宮家でももちろん頭を下げなくてはならないが、その角度は浅いものになるはずであった。

それにしてもと、伊都子は思いをめぐらす。

娘が皇太子妃に決まるとなると、あの久邇宮邦彦王はどれほど得意がるであろう。夫の兄にあたる人であるが、昔からどうしても好きになれなかった。子どもの時には苦労した守正が、早くも皇族の気品と、軍人の風格を身につけたのに比べ、邦彦王の尊大さは、人を不快にさせる。早くから父朝彦親王の後嗣となり、皇族として初めて陸軍大学校に進んだ。恵まれた人生ゆえであろうか、時々守正を見下す態度をとった。

ベルリンで会った時もそうだった。自分の妻の俔子《ちかこ》妃の宝石よりも、伊都子の方が立派であるという皮肉を口にしたのだ。その時は俔子がそれとなくとりなしてくれたからよかったものの、温厚な守正が珍しくむっとした表情をしたほどである。

俔子は薩摩島津家の出だ。伊都子と同じくサムライの娘である。だから気が合った。優しく美しい俔子妃。良子女王は母親に似たのだろう。

結婚してからというもの、伊都子は実家鍋島家から月に五十円の化粧料を貰っていた。欧州旅行をするにあたって、宮内省から五万円出してもらったが、鍋島家から三万円もらった。梨本宮家の二万円より多い。

おそらく俔子の実情もそんなものだったろう。パリで伊都子は買物をたっぷりしたが、先に欧州に入った俔子もローブデコルテを何着もつくったはずだ。久邇宮家は、余裕がないという話もあったが、俔子からはそんな様子は感じとれない。

ベルリンで皆で撮った写真が、今でも居間に飾られている。皆というのは、偶然ベルリンに滞在していた久邇宮夫妻、そして梨本宮夫妻と合流した山内侯爵、禎子夫妻である。晩餐会に行く前に皆で記念写真を撮ったのだ。ローブデコルテを着た三人の夫人は、みな一様に気品があり美しい。しかし三人の夫はまちまちだ。いちばん背が高く見栄えがいいのが真中に立つ守正。しかし頭を剃っているのと髭のために老けてみえる。細面の侯爵もそう悪くない。可哀想なのが、背がぐっと低い邦彦王だ。ころころと太っていて、背も妻とあまり似合わない。

まあ、邦彦王のことはともかくとして、夢のように楽しい欧州旅行だったと伊都子はうっとりと目を閉じる。

明治四十二年のこと、フランスの陸軍大学留学を終えた守正が、帰国する際、欧州各国の王室訪問をすることになった。それを伊都子同伴で行こうとよびよせたのだ。伊都子は家令、武官、侍女、医師ら十数人で、日本を発った。娘二人のことが心配だったが仕方ない。自分はイタリアで生まれたというのが自慢であったが、赤ん坊の時に帰国してしまった。フランス語を習いながら、どれほどかの地に行きたいと願ってきただろう。

パリで守正と再会し、スペイン、イタリア、オーストリアに向かった。そして、ロシアの次の地、ベルリンで久邇宮夫妻と会ったのだ。

次のロンドンでは、もっと懐かしい人たちに会った。英国大使館に赴任していた松平恒雄と妻の信子だ。信子は伊都子の妹で、大きいお腹をしていたが、姉のためにあちこち案内してくれた。このあとすぐ女の子が生まれ、皇太子妃と同じ字で節子《せつこ》という名前がつけられたと聞いた。

ロンドンでエドワード七世と会った後、パリ、ベルリン、ロシアを経て帰途につく。帰りはアジアをまわった。

目を見張るばかりだった欧州に比べ、アジアは貧しく不潔だった。ハルビンの領事館では、水道から茶色のどろ水が出てくる。長春を通過し奉天へ行く頃には、一行はみんな下痢をしていた。

ほっとひと息ついたのが韓国であった。日本の圧力で譲位させられた高宗《コジョン》の息子、二年前に即位したばかりの純宗《スンジョン》皇帝が歓待してくれた。

辺ぴな国と思っていたのであるが、皇后は流ちょうな日本語を喋べった。ずっと勉強しているというのだ。午餐はフランス料理であった。食事の後、皇帝夫妻は昌徳宮を案内してくれたのであるが、朝鮮王朝の歴史を伝える豪壮な建物であった。

皇帝は日本に留学している、弟の李垠《イウン》について語った。

「元気にしているでしょうか。何かあったらどうかめんどうをみてください」

伊都子はその少年のことをよく憶えている。韓国統監だった伊藤博文と一緒に、東京駅に降り立った少年だ。ふっくらした頬のあどけない子どもであった。何人かの宮家や華族、政財界の重鎮が東京駅で出迎えたが、

「あんな年端もいかぬ子どもを可哀想に」

と同情する者が多かった。

とはいうものの伊藤博文はまるで孫のように可愛がったし、明治天皇もしょっちゅう宮廷におよびになったものだ。そして伊藤博文が日韓併合の恨みで暗殺されても、彼はこの地に踏みとどまり、学習院から陸軍中央幼年学校、陸軍士官学校と軍人の道を歩んでいる。

そして彼は何度か守正を訪れていた。日韓併合の直後、守正は名古屋第六連隊長をしていて、伊都子と二人名古屋長塀町の宿舎に入っていた。李垠は何度かやってきて、軍人の心得などを聞いていくのである。

守正と伊都子は、部下の軍人としてではなく、隣国の皇太子として遇した。少年はあまり背が伸びず、頬がますます肥えて、まるで福助のような容貌になった。が、日本語は完璧で、英語の成績もいちばんということであった。

今、その李垠は、陸軍の士官候補生である。同時に十八歳の彼は、日本の皇族と同じ地位を約束されているのだ。

「この方ではいけないのだろうか」

他国といえども皇太子なのだ。裕仁殿下と同じ立場なのである。

「これならば方子にみじめな思いをさせることはないかもしれない」

伊都子は、自分の思いつきに深く頷く。

二

昨今の大金持ちといえば、三井、岩崎ということになっているが、かつての有力大名たちも負けてはいない。

加賀百万石の前田家、薩摩の島津家、長州毛利家が毎年の長者番付に名を連らねている。どこの家にも優秀な家令がおり、維新後に受け取った莫大な金禄公債を、鉄道や銀行にうまく運用しているのだ。二つの戦争を経て、株も上がるばかりである。鍋島家も例外ではなかった。

鍋島邸は明治二十五年に完成した。永田町の二万坪の敷地に、西洋館と日本館がある。それぞれが三百坪であった。

海外生活を体験した鍋島夫妻だけに、西洋館にちぐはぐなところはなく、サロンや螺旋階段の様式は、完全にフランス風のそれを取り入れている。この邸のシャンデリアはすべてヨーロッパから輸入したものだ。

今、小ぶりのシャンデリアがさがるサロンで、伊都子《いつこ》は両親と向かい合っている。皇族妃である伊都子から、実家に出むくことは少ない。が、今日は馬車をとばして、渋谷の梨本宮邸から、ここ永田町にやってきたのである。

伊都子も母の栄子《ながこ》も、庇髪《ひさしがみ》に地味な色合いの和服を着ていた。二人は美しい姉妹としかみえない。

「いつさん、そんなこと、急にお決めになってよろしいんやろか」

公卿の広橋家から来ている栄子は、時々京の訛りをにじませることがある。興奮している証拠だ。

「いくら東宮さんのお相手が、良宮《ながみや》さんにお決まりになったからって、そんなに急がなくてもよろしいのに。それに何も、朝鮮の王世子《おうせいし》さんなんてなあ、そんな異国にまあさん、嫁がさはらなくても」

方子《まさこ》は祖父母を大層慕っていて、この邸にもよく泊まりがけで遊びにくるほどだ。栄子にとっては可愛い孫なのである。

「まだ決めたわけではありませんよ。私がふと思いついて、相談しているだけなんです」

「宮さんは、なんておっしゃっているの」

「宮さんは今、名古屋にいらっしゃっておいでです。私の心積もりは、まだお話ししてはいません」

梨本宮守正《もりまさ》王は温厚な人柄で、勝気で美しい妻に惚れきっている。男子が生まれず、梨本宮家がいつか廃絶になるのを覚悟してからというもの、夫が諦念の中にいるのを伊都子は知っていた。娘二人の縁談に、夫は口をあまりはさまないはずである。娘を皇太子妃にしようと奔走したであろう、兄の久邇宮とはまるで違うのだ。

「私の考えがおかしいかどうか、今日はお二人のご意見をお聞かせいただこうと思って」

伊都子は両親を見つめる。切れ長の美しい目が強く光っている。関係している赤十字で、どんな切断手術や出血の処置をしようとも、伊都子は身じろぎひとつしないと有名であった。その目は公卿出身の母をもたじろがすこともあるほどである。

「私は朝鮮がどんなところかまるでわかりません。そやけど、とても遅れた国だったのを、伊藤博文さんは、えらいお金遣われて、鉄道敷いたり、病院や学校をつくられました。それなのにお礼言われるどころか、朝鮮人に殺されましたなあ。私はそんな怖しいとこ、何もまあさんが、嫁がなくてもいいと思いますけどなあ……」

「いやいや、伊藤公はあまりにも急ぎ過ぎたのだ」

父の直大《なおひろ》侯爵が初めて口を開いた。

「父の直正公もかねがねおっしゃっていたものだ。朝鮮というのは、なんと誇り高い国であろうかと。ご一新が終ってからもずっと、日本国を臣下のように扱っていたので、なんと傲慢なことかと皆が怒ってしまった。それで西郷隆盛は、どれほど苦労したことであろう」

海のすぐ先にある朝鮮は日本人にとって大陸への踏み台のように見える。だから古代から征服の野望を持った。豊臣秀吉にいたっては、おのれの力のすべてを賭けようと、ねばっこい執着をみせたものである。

鎖国によってしばらく途絶えていたこの思いが再燃したのは、この半世紀ほどのことだ。それまで極東の小国で、朝鮮とほとんど変わりない因襲の中にいた日本が、維新によって突然世界の舞台に躍り出たのである。そしてはるかに大国である、清、ロシアを次々とうち破ったのだから、過剰な自信を持っても無理ないことであった。

そして〝大国〟日本は、再び朝鮮への野心を持つ。さまざまな戦いやかけひきがあった。近代化がうまくいかず、政治の混乱の中にあった朝鮮は、たやすく屈伏した。が、屈伏したと思ったのは日本だけで、明治四十三年の併合の時は、多くの廷臣たちが憤怒のあまり自害したと言われているのであるが、そのような複雑なことは、日本の貴族の女たちに伝わるはずはない。

今、伊都子の頭の中にあるのは、朝鮮の王家が日本によって存続を許され、その王や王世子は、日本の皇族と同じ待遇を得ているということだけだ。

「王世子さまは、ずっと日本でお暮らしになっていました。これからもお帰りになることはありますまい。ねえ、お父上」

今、朝鮮は、朝鮮総督府が支配しているのである。李王家はお飾りといっていいのであるが、八年前、そのお飾りが反乱を起こした。王世子の父親である高宗《コジョン》が、日本の横暴を世界世論に訴えようと、オランダのハーグで開かれた万国平和会議に密使を送ったのだ。しかしこのことが露見し、王は退位させられた。梨本宮夫妻が京城で会った王は、その息子で垠《ウン》の兄の純宗《スンジョン》である。

ふーむと直大は嘆息した。可愛い孫娘が、かなりややこしい場所に行かされようとしているからだ。それでも欧州に留学し、イタリア公使を務めたことがある彼は、妻とはまるで違う考えを持った。

マントルピースの上の飾りものに目をやる。

そこには、鍋島の家と朝鮮との深い繋がりを示すものが二つ飾られているのである。右側にあるものは、青磁の美しい壺で、高麗のものと言われている。これは伊都子の異母兄である直映《なおみつ》の土産だ。直映は外務省嘱託として、しばらく京城に暮らしていた。ケンブリッジ大学卒業という経歴を買われ、大正になる少し前には朝鮮統監府からの依頼を受け、農事調査に携っている。

その頃から、鍋島家の者たちも朝鮮にはよく出向いていて、珍しい鶴の肉を毎年調達してきたものだ。

そしてその傍に、牡丹と鳥を描いた色鍋島が置かれている。鍋島藩直営の窯で焼かれた磁器は、今も隆盛だ。内国勧業博覧会で入賞したもので、鍋島家に献上されたものである。

「やはりこれを見れば、不思議な気持ちになるものだ」

直大は二つの飾りものを見つめる。

「わが先祖直茂公が、豊臣秀吉の命を受けて、朝鮮に攻め入ったのは、遠い昔のことと思っていたが、そうではなかったのだ。あの時、直茂公は何人もの陶工を連れてお帰りになり、窯を開かせた。それが有田となり、こうしてわが鍋島の家を盛《さか》えさせてくれたのだ。こうして考えると、今回もし李王家とのご縁があるとしたら、それは前から決められていたことかもしれない」

直大は静かに目を閉じ、語り出した。それは妻や娘に対してではなく、自分自身に言い聞かせるようであった。

「わが父、直正公がどれほどご立派な方であったか、お前たちに言うまでもない事だ。直正公がいらっしゃらなければ、ご維新などかなわぬことであったろう、あったとしても、二十年、三十年遅れていたに違いない。知っているだろう、父上がこの国で初めての種痘を、私にほどこされたことを」

女たちは頷く。それは今や、子どもの道徳の読本にも載っているほどの、有名な出来ごとである。

「家臣たちは、牛の肝《きも》を植えつけるとは何ごとかと血相を変えて止めようとした。しかし父上はこうおっしゃったそうだ。初めてでも正しいことは正しい。もう少しして時代が変われば、私がしたことは正しいことと分かるだろう」

そう、時代は変わるのだと、直大ははっきりと口に出した。
「確かに今の朝鮮は貧しい。見下されることもあろう。が、ご維新前の日本も同じようなものであった。今、日本の力で、朝鮮は日本と同じようになろうとしているのだ。もう少したてば、もうひとつの日本が出来ることであろう。李垠《イ》殿下はその王になられる。その妻に鍋島の娘がなるというのも、悪いことではないかもしれない。これも鍋島の家の使命かもしれぬ」

「鍋島の使命」

という言葉を、伊都子は深く心に刻む。

幼ない頃から、どれほど父のことを愛し、尊敬してきたことであろう。海外生活が長かったため、鍋島家は日本の貴族には珍しく、皆で睦み合う。

直大は非常に教育熱心な父親であった。貴族階級の共通言語はフランス語であったから、娘たちにはそれを習わせたが、兄の直映にはイギリス人の家庭教師をつけた。いずれ英語の方が必要になるだろうと、身にしみて感じていたからに違いない。

そして伊都子には自分自身で、さまざまな躾をほどこした。それは、

「当今《とうきん》の　仰せいださる　ことのはを　綸旨綸言勅宣《りんじりんげんちよくせん》といふ」

などと皇室に関わる用語を覚えさせたかと思うと、

「香のもの　湯を受けて後　くふぞかし　めしのなかばに　くふはひがごと」

などと日常の瑣末なことにまで及んでいる。

それればかりか、直大はやがて鹿鳴館に向かうであろう娘のために、西洋作法の歌まで作っていた。

「女子にして　貴人の前に　礼するに　胴はまげても　首はまげるな」

「食卓は　右にコップに　パン左　中はメニューと　おして知るべし」

「祝盃は　げこといへども　一杯は　つぎて祝詞を　言《いう》ぞよろしき」

結局鹿鳴館で踊ることはなかったが、これらのことは夫と行った欧州でどれほど役に立ったことだろう。伊都子は今でも空で言うことが出来る。幸い、というのはおかしな言い方であるが、母の栄子は後妻であったために、鍋島の家での勢力は非常に弱かった。母からの公卿の風はほとんどなく、明治になっても大名家の気風は脈々と受け継がれ、それにヨーロッパの色彩がほどこされたのが鍋島という家だったのである。

伊都子にとって嬉しかったのは、両親の口から、

「朝鮮人の皇太子などとは……」

という蔑視の言葉が聞かれなかったことだ。韓国併合から五年がたとうとしていたが、今日本に朝鮮人はほとんど住んでいない。見るのは留学生ぐらいで、朝鮮に渡った者も数えるほどだ。それなのに庶民は朝鮮の者を自分より下に見るのである。

日本政府は注意深く併合を進め、決して植民地化ではなく、平等な統合であると主張している

のであるが、それを信じる者など一人もいない。見たこともないくせに、朝鮮人といえば無学で粗野と決めつけている者のなんと多いことであろうか。

が、そんな下々《しもじも》の者たちの感想など、伊都子は気にかけていない。あの者たちは何も知らないのだ。李垠は条約に基づいて、日本の皇族と全く同じ地位にいる。多額の歳費が受け取れるはずであった。それどころか、李家は本国に広大な土地や建物、先祖伝来の財宝を所持しているのである。

最近は財産管理に失敗して、破産寸前に追い込まれる華族の話もよく聞く。いくら気軽だからといって、娘をあんなところに嫁がせるのはまっぴらだった。自分やまわりの者に偏見がない限り、朝鮮の王世子というのは、決して悪くない話だと伊都子は考えるのである。

が、難しいのは、この話をどうやって進めるかということである。波多野敬直《よしなお》宮内大臣に相談するのが筋道というものであろうが、それでは話が直ちに大きくなるのは目に見えている。

波多野は佐賀は小城《おぎ》の出身であるから、元藩主鍋島家には頭が上がらない。伊都子にはそれこそ腫れ物に触わるように接する。波多野をわずらわせるのは、もう少し後にした方がいいだろう。自分としては、世間の感触を知りたいのである。

そして伊都子が選び出したのは、宗秩寮《そうちつりよう》主事の小原駩吉《おはらせんきち》だ。宗秩寮とは、宮内省の中にあって、皇族や華族の事務方全般を請け負っている。歳費の手続きや、皇室行事の日どりや内容を教えてくれる、伊都子にとっては気安い相手なのだ。

鍋島の実家に行った日から十日後、伊都子は小原駩吉を呼び出した。紅茶と丸ボーロでもてなす。話題は裕仁親王殿下が、この頃ゴルフを始められた、ということに及んだ。

「聞いたことはあるが、それほど面白いものなんだろうか」

「木の棒で球を打って進むのでございますが、ご健康にもよろしいということで、それは熱心にお励みになっていらっしゃるということです」

「それはよろしいこと」

話はそれでやめた。裕仁殿下の話題が進むと、お妃を探っているのではないかと勘ぐられそうだ。

「それはそうと、今度の講話会は面白そうだから、娘も連れて行こうと思っているのだよ」

「今度の土曜日は、加藤帝大教授でございました」

「世界における女性の地位という講話らしい」

月に一度、皇族たちは集まり、講話会と称して時事問題に耳を傾ける。講師の手配もこの宗秩寮の仕事であった。

「アメリカの女というのは、大層威張っているというが本当だろうか」

「男に荷物を持たせたり、扉を開けさせたりするそうでございます」

「その様子を活動写真で見たことがある」

「日本でもこの頃、女子大へ通ったり、自由結婚する女が増えて、昔ものの私にはさっぱりわかりません」

そういえば華族の中でも、恋愛結婚をする者が出現し始めた。結婚などというものは、家と家との結びつきに他ならないと、教え込まれた伊都子にとってはにわかには信じられない話だ。

「ところで……」

伊都子はさりげなく話題を変えた。

「李垠王世子殿下はお元気でいらっしゃるのか。宮さまと私が宇都宮にいた頃は、時々訪ねてくださったが」

「私も詳しくは存じませんが、士官候補生でいらっしゃいます」

「その李垠殿下と、うちの方子女王とが縁組するのは可能なことだろうか」

小原の口が少し開いた。一瞬であるが、その呆けたような表情で、伊都子は自分の思いつきが非常にとっぴなことだと知った。

「方子女王とでございますか……」

「そうだよ。年格好も似合いだと思うけれども」

伊都子は自然に会話を進めなければならなくなる。

「これはおかしな話だろうかねえ」

「おかしくはございませんが」

小原は上唇をなめた。

「おかしくはございませんが、いささか難しいことがございます。今の皇室典範では、日本の皇族女子は、日本の皇族か華族に嫁ぐと決められております」

「朝鮮は日本ではないのか。併合とはそういうことではないのか」

皇室典範のことはもちろん知っていたが、伊都子としてはそのあたりのことは曖昧にしてくれると考えていたのである。

「しかしもし、李垠殿下と方子女王とのご縁組を、妃殿下が本気でお考えならば、日本と朝鮮にとって、これほど喜ばしいことはないでありましょう」

小原駩吉はやっと態勢を立て直した。

「いやはや、妃殿下がそのように大きなお気持ちで、日朝のことをお考えくださっているとは、思ってもみませんでした」

別に日朝友好を考えたのではない。娘の幸せのために、結婚相手をあれこれ選んでいたら、朝鮮の王世子にたどりついたのである。

「しかし妃殿下のお心にお応えするためにも、至急、このお話を進めなければいけないでしょう。不肖小原は、命に懸けてもこのご縁談をご成功に導きたいと思います」

「命を懸けてくれるのはよいが、これはもしもの話なのだよ」

「もちろんでございます。が、もしもの時は波多野大臣には話しませんと」

「それはそうだ」

伊都子は髭をたくわえた、柔和な大臣の顔を思い出した。律儀で温厚な男であるが、佐賀者らしい頑固で一徹なところがある。

この男に伊都子の、というよりも梨本宮家の意向が伝えられたら、彼は全力で動き始めるに違いない。

「もしも、もしもだよ」

伊都子は念を押すのを忘れなかった。

伊都子が予想していたとおり、歯車はすぐにまわり始めた。

翌々日には、波多野大臣が面会を求めてきたのである。

「小原駩吉は、どのように伝えたのでしょうか」

伊都子は大げさに顔をしかめた。

「私はその可能性があるかどうか、聞いてみただけなのですよ。だいいち、このことはまだ、宮さまにもご相談していない。私ひとりの胸の内で考えていただけなのですから」

「もちろん、そうでございましょう」

波多野宮内大臣は穏やかに微笑んだ。司法大臣、東宮大夫と進み、昨年宮内大臣になったばかりだ。小城の藩士の家に生まれた彼が、いったいいつどういう才に恵まれたのだろうか。今や我儘で自分勝手な皇族をうまくさばくのに、なくてはならない人物になっているのである。

「私も、もしも、ということで今からお話しするのでございます」

皇族妃に会うために、フロックコートを着ている。白いカラーと髭が似合って、なかなか風采がいい。

「あれは私が宮内省にごやっかいになってすぐの頃でございますから、前の陛下《おかみ》がおかくれになる前年でございますかなあ」

のんびりとした声を出す。

「上司からこんなことを聞いたことがございます。陛下の李垠殿下をお可愛いがりになることひとかたならず、しょっちゅう宮殿にお呼びになり、玩具や万年筆をお与えになったそうでございます」

その話は有名である。東宮とお会いになるよりも、王世子をお召しになる方がはるかに多かったのである。

「そしてこんなことを近くの者におっしゃったそうでございます。将来のわが国とかの国の友好のために、殿下が日本の女子と縁組してくれたらどんなに嬉しいことであろうかと」

「それは本当のことですか」

「いや、私も上司から漏れ聞いた話でございますから、どこまでが真実かわかりません。しかし、陛下《おかみ》はそれほど本気でおっしゃったわけではありますまい。なぜなら、外国の皇族が日本の皇族、華族と結婚出来る法はまだ出来ておりませんし、陛下はそのことをよくご存知だったはずです」

「それはおかしなことですね」

伊都子も世間話のように、呑気な声を出す。

「先年の韓国併合で、李垠殿下は皇族と決められたのではありませんか」

「そうではありますが、皇族でいらしても外国の方であることには変わりありません」

伊都子は軽い怒りをおぼえた。まるで人質のように、十歳のいとけない子どもを親や祖国からもぎ取ってきたのではないか。李垠は陸軍中央幼年学校、士官学校と必死に学んできた。日本語は完璧である。それでも「外国の方」ということになるのだ。

伊都子は何度か会ったことがある、李垠の丸顔を思い出した。ぽっちゃりとした小柄な若者であるが、いかにも高貴な血をひく人らしい風格がある。

「それでは皇室典範を変えればいいのですか」

「変えることは出来ません」

波多野は言った。

「皇室典範に増補することになりましょう」

「それはいつになるのですか」

「これから充分に調査をいたしまして、さまざまな審議会にかけます。それから皇族会議にかけまして、決定となりますのは、そうですなあ、三年もかかりますでしょうか」

「三年も待てませんよ」

伊都子からつい本音が出た。

「そんなことをしているうちに、娘はいい年になってしまいます」

「しかし法律を変える、いや増補するというのは慎重にしなければなりません。時間がかかるものなのです」

「それでは、今からすぐに始めてもらうというのはどうでしょうか。増補をしてからでないと、ことは何も始まりませんからね」

「お言葉ではございますが……」

波多野の二皮《ふたかわ》の目が、急に光をはなった。

「増補をしてからご婚約というのは、不都合なことにならないでしょうか。朝鮮の王族に嫁するための法律をつくることになりますと、そのようなご縁組が起こっていることを、広く知らしめてしまうことになりましょう。そしてお相手がどなたかおわかりになってくることになりませんか」

確かにそのとおりであった。

世間をよく知っているとは決していえない皇族妃の伊都子であるが、李垠との結婚にまつわるわずらわしさは、いくつも想像することが出来る。皇族と皇族、皇族と華族、華族と華族との結婚なら、ありふれた出来ごととして、新聞に載るくらいであろう。しかし李垠との縁組は、おそらく大きな驚きをもって迎えられるはずだ。朝鮮の人々がどう反応するかもわからない。そのためにも出来る限りこの縁談は秘密裡に進める必要がある。

伊都子は混乱してきた。李垠との縁談を思いたったのは、娘に少しでも有利な結婚をしてもらいたいという親心であった。しかし次第に、厄介なことが噴き出すことがわかってきたのである。

父の侯爵は、

「これも鍋島の家の使命かもしれぬ」

と言い、自分も何やら高揚していたところもある。が、考えれば考えるほどわずらわしいことが多過ぎた。

東宮妃が姪の良子《ながこ》女王に決まったと聞いてからの動揺が、ここまで自分を連れてきてしまったのだ。今なら間に合うかもしれない。自分はずっと、

「もしもの話だから」

と言ってきたのである。言質《げんち》をとられたわけではないのだ。ここでいっそ李垠とのことは諦めて、娘の方子を気楽な華族に嫁がせる方がよいかもしれない。自分と同じように、たっぷりと毎月の化粧料をつけてやれば、相手がたとえ中級の華族でも、そうみじめな思いをすることはないかもしれない。

いや、いや、それはかなり消極的な方向転換であろう。今回の話は、方子をどうしても皇族に嫁がせたいという自分の思いから始まったことなのだから……。

その時、伊都子の心のうちをすべて察したように、波多野が立ち上がった。そして深々と頭を

下げる。

「このたびの妃殿下のおぼし召し、心より有難く存じます。日朝友好のために、方子女王を李垠殿下へというお心は、さっそく寺内正毅《てらうちまさたけ》朝鮮総督に知らせることにいたしましょう。閣下もさぞかし感激するに違いありません」

こうなったらもはや、止めることは出来ないと伊都子は覚悟を決め、そして曖昧に優雅に頷いたのである。

四日後、宇都宮から帰宅した守正に、すべてを話した。夫の答えは伊都子の予想どおりであった。

李垠殿下は確かにご立派な方である。陸軍士官学校でも、優秀な成績だとお聞きしている。

「しかし風習も言葉もまるで違う国に嫁ぐのは、まあさんにとってはたしてどうであろうか。さぞかし苦労が多いことだろう」

「まあさんも殿下も、ずっと日本でお暮らしになるだろうと、波多野は約束してくれました」

朝鮮は、日本の総督府がこれからも上手に統治していくだろうと波多野は暗ににおわせていた。それは同時に、李王などというものは傀儡にすぎないと言っているのである。が、伊都子はそのことに全く不満はない。高貴な人間が、政治などという野蛮なものに手を出したら大変なことになる。皇族や華族というものは、そうした下等な者たちにかしずかれて、おっとりと過ごしていけばいいのだ。

「皇族身位令」によって、皇族男子はすべて軍人になることと決められていたが、いったい誰が宮さまに指揮されることを望んでいるだろう。ある程度の栄誉と地位を約束されればそれでいいのだ。

「まあさんはそれで納得するだろうか」

「宮さま、まあさんはご自分の立場をよくわきまえておいでです。私たちの決めたことをどうして嫌と言いましょう」

十四歳の方子が、非常に強い意志をもった娘だということを伊都子はよく知っている。知ってはいるが、どうしようもないではないか。皇族の女王が自由結婚など出来るわけがない。そして何よりも、母親の自分が娘の幸福を考えぬいて選び出した縁談なのだ。

次の日、波多野大臣が息せききってやってくる。たまたま上京中の寺内にこのことを話したというのだ。

「寺内閣下はさっそく京城にご相談するということでした。おそらく李王殿下も、皇族の女性なら反対はなさらないのではないかと言っておいででしたが、きっと驚かれるでしょう。まさかこのようなことになるとは」

その時波多野はふと目を伏せた。それが悲し気なものだと、伊都子はいつまでも憶えていることになる。

三

このところ梨本宮《なしもとのみや》伊都子妃《いつこひ》の心は晴れない。

なぜなら長女方子《まさこ》と、朝鮮王朝王世子《おうせいし》李垠《イウン》との縁談が、朝鮮総督寺内正毅のもとで滞っているからだ。

波多野敬直宮内大臣は、たまたま上京中の寺内にことの次第を話したはずなのだが、それから進展がないのである。

「朝鮮の状況を見てからでないと、すぐに答えるのはむずかしい。ことは慎重にした方がいいだろう」

と、寺内は波多野に告げたらしい。

伊都子は昔から寺内という男が嫌いであった。朝鮮との併合がなった時に、

「小早川、加藤、小西が世にあらば、今宵の月をいかに見るらむ」

と詠んだのはあまりにも有名だ。言うまでもなく、豊臣時代、朝鮮に派遣された武将たちである。ひとつの国を任された男が、これほど傲慢な態度をとってよいものであろうか。実家鍋島の祖先の名が入っていないのが伊都子は気にいらないが、幸いな気もしてくる。

寺内は長州の出である。維新から半世紀がたとうとしているのに、未だに男たちはしっかりと

手を結び合っているのは驚くばかりだ。

長州閥の長老の一人であった伊藤博文は非業の死を遂げたが、山縣有朋は未だに健在である。それどころか、力は衰えることなく元老という不思議な存在となり、政治を裏からさまざまに操っているのだ。

その山縣の忠実な後輩として、寺内は陸軍大臣、朝鮮総督と出世の階段をかけ上がってきたのである。彼は近頃大人気のアメリカ産の「ビリケン人形」にそっくりと言われ、陰で「ビリケン」と呼ばれていることを、皇族妃の伊都子が知るよしもない。しかし何とはなしに、「気に入らぬ男」として記憶にとどめていた。

そもそも長州だけではなく、薩摩の男たちのもたれ合いも、伊都子には嫌らしくうつる。よく鹿児島出身の男たちは、〝薩摩の芋づる〟と揶揄されるが、長州のそれはさらに複雑で陰に籠もっている。大隈重信という大物を出しているものの、絆が淡白な佐賀の男たちとはえらい違いだ。

長州というツタは日本という大木にからみつき、もうひとつふたつ、這ってこようとする他種の植物を巧妙にはらいのけようとしているかのようであった。

「これは私の考えですが……」

波多野は遠慮がちに口をひらいた。

「寺内閣下は山縣公の意を汲んでいるかと思われます。山縣公は、まだ方子女王に自由なお立場でいていただきたいと思っているのではありますまいか」

「はて、自由な立場とは何でしょうか」

「それは、まだ皇太子妃の候補のお一人であっていただきたいのです」

波多野は語る。宮中では久邇宮良子《くにのみやながこ》女王が皇太子妃に内定したようなことを言うけれども、それは久邇宮が流している噂ではないか。

「それが証拠に、まだ勅許が下っていません」

良子女王は方子よりもふたつ下であるから、今年満で十三歳になる。皇族は早婚が常であったし、早々とお妃教育をする必要もあった。内定後はただちに学習院女学部を中退し、特別につくられた御学問所に入る。

しかし久邇宮家の方にまだ動きがない。

「山縣公が久邇宮家との御縁をあまりよく思っていない、という噂でございます」

山縣有朋は今も皇室に対し強い発言力があった。

「良子女王の母君は、薩摩の出身でいらっしゃいます。山縣公はこれ以上、薩摩の力を大きくしたくないのだと申す者もおります」

「それはおかしなことですね」

伊都子は苦笑いした。

「大正も五年になって、今さら薩摩、長州もないでしょうに」

「長州の者たちは、我ら鍋島とは違います」

波多野は鍋島支藩小城《おぎ》藩の出身である。

「私はよく憶えております。妃殿下の御妹御、信子さまのご縁談がお決まりになった時のことでございます。松平恒雄さまは、賊藩と言われた会津・松平容保《かたもり》公の六男でいらっしゃいます。分家をされたので華族の列にも連なっておられません。しかし侯爵はこうおっしゃったのです。恒雄殿は東京帝大法科大学を首席で卒業になり、外務省も首席で入った方だ。新しい時代を担う若者に、娘を一人やるのもいいだろうと。私は、鍋島の旧臣として、これほど御立派な殿さまがいらっしゃるだろうかと、ただただ頭を垂れるばかりでございました。仲間うちの栄達に汲々《きゅうきゅう》とする薩長とはまるで違うのです」

そうであったと伊都子は思い出す。妹の結婚の時に、父はこう言ったのだ。

「長女は乞われて皇族に嫁がせたが、妹は私の好きにさせてくれ。賊軍の平民にやるのも面白いではないか」

外交官出身の父は、官軍・賊軍というものは、単に時勢によって分けられたと考えているのではないか。

「山縣公は、方子を皇太子妃にとお考えなのでしょうか」

「私にはわかりかねます。皇太子妃をお決めになるのは、言うまでもなく両陛下でいらっしゃいます。しかし山縣公のご意見が力を持つのは確かでしょう。山縣公は少しでも多く可能性を残しておきたいのではないかと」

伊都子は次第に不快になっていった。山縣は良子の父久邇宮邦彦《くによし》王のことを好まず、少しでも〝駒〟を多く持っていたいということらしい。しかし伊都子は娘を〝駒〟にする気はまるでなかった。自分が娘を朝鮮の王世子に嫁がせたいと考えたのは、ひとつにこうした政争や、薩長のいやらしさから遠ざけたいという気持ちがあったからだ。

「波多野大臣」

伊都子は威厳を持って告げた。

「今回のことが、このように進展しないのはまことに困ります。わが梨本宮家に対して失礼とは思わないのでしょうか。寺内総督は、山縣公への配慮と、わが家の希望をかなえること、どちらが大切なのか、大臣からも聞いてもらいたいものです」

「まことに失礼いたしました。確かにそのとおりでございます」

波多野はあわてて椅子から立ち上がり、深く頭を下げた。その薄くなったてっぺんをちらっと見ながら、はるか昔、波多野が鍋島家に正月の挨拶に来て、ただただ平伏していたことを思い出した。何年たとうとも、藩主とその家来という関係は変わらないのだ。

「大臣、寺内総督にこう申し上げてください。そろそろ腰を上げてくださらなければ、私どもも大きな決心をした甲斐がありません。そのことをよく考えてくださいとね」

波多野と会った後、伊都子はそろそろ自分も行動に移さなければいけない時がやってきたと決心した。本来ならばこの役目は、父親である守正王《もりまさおう》がしなければいけないが、このところ旅団長としての公務で宇都宮に詰めている。もし東京にいたとしても、娘を説得するなどということは、王にとっていちばん不得手なことだったに違いない。王は娘に言いきかせる、大きな歴史観や哲学というものを持っていないのだ。それが維新を大名の嫡子として生き外交官となった、自分の父鍋島直大《なおひろ》と大いに異なるところだった。

伊都子は居間の長椅子に腰をおろした。すぐ近くからピアノの音が聞こえてくる。ピアノは方子のために、ドイツから輸入したものだ。学習院の同級生の中でも、持っているものは何人もいないという。

ピアノの音がやんだのは、女中に部屋に来るように言われたからだ。しばらくしてドアが開いた。

「おたあさま、お呼びですか」

「まあさん、いつも言っているでしょう。部屋に入る時はノックをしなくてはいけないと」

「はい、申し訳ありません」

方子は軽く頭を下げた。かつての学習院院長乃木希典が、貴族の女子の服装にもうるさく言い、制服は銘仙であったが、家に帰ってからは、やわらかい縮緬に着替えている。春らしいひわ色は方子によく似合っている。

それにしても、もう少し娘の器量がよかったらと伊都子は思わずにはいられない。もちろん他の娘たちに比べれば、整った綺麗な顔立ちをしている。が、「おさびし気な」という表現をよくされるほど、目鼻のつくりが小さくぼんやりと見えるのだ。不器量でも娘らしい華やかさや魅力を持つ娘はいくらでもいる。皇族の女王にそんなものはいらないといわれれば確かにそのとおりであるが、何か人の心に深く残るものはほしい。

今さら比べるのもせんないが、伊都子は久邇宮良子の姿を思い出す。高貴な家の娘らしく、ちまちまと小さな目鼻立ちだが、素晴らしいバランスを持って人形のような美しさをつくり出しているのである。幼ない時から顔を見知っているであろう皇太子殿下が、

「良子でよい」

とおもらしになったというのも、あながち嘘ではないだろう。

「私が行儀について口やかましく言うのも、もうまあさんが子どもではないからですよ。私が宮さんとの婚約が決まったのは、あなたよりひとつ下でした」

方子は頷く。今年十五歳になる顎の線はまだ幼なく、ゆったりとした丸味を持っていた。

「あの時私は鍋島という華族の娘でしたが、まあさんは違う。皇族という特別な立場なのですよ。だから私とは、責任の重みがまるで違うのです」

今度は頷く角度が小さくなった。

「まあさんは、朝鮮の王世子李垠殿下を存じ上げているでしょう」

「朝鮮の方でいらっしゃいますね」

若い娘がよくする、そっけない言い方である。

「宮中で新年の儀の時など、遠くからお見かけしたことはありますが、お顔もはっきりとは……」

憶えていないと、伊都子は最後まで言わせなかった。

「その王世子のところに、まあさんをいかがという話があるのですよ」

「私がですか」

「そうですよ。李垠殿下はご立派な方だし、年頃もちょうど合います。私はとてもいいお話だと思うのですが」

方子は小首をかしげる。言っていることがまるで理解出来ないという風に。

「けれどよその国のお方ではありませんか」

「李垠殿下はずっと日本に留学していらっしゃるのです。お言葉に不自由はありません」

「だけどよその国のお方ですよ」

方子は繰り返した。

「私はよその国の方に嫁ぐ気はありません。よその国に行くのは嫌でございます」

「そんなことはありませんよ。朝鮮と日本は一緒になったのですから、李垠殿下もずっと日本でお暮らしになるのです。殿下はふつうに日本の言葉をお話しになり、日本人と同じようにお暮らしなのです」

「ですけれども、私はそのお言葉を聞いたことがありません。話をしたこともない方と結婚するのは嫌です」

「まあ、まあさん、何ということを」

伊都子はこれが現代の娘というものかと目を見張る。親に逆う、などというのは自分の時代には考えられなかった。

「まあさんたちはよく本をお読みだ。このあいだは新潮の文庫で、シェイクスピアの『ロメオとジュリエット』をお読みだったね。それから有島武郎の本もお持ちだ。私の娘の頃は、小説を読むというのはとんでもないことだったのですよ。今の世の中、小説をお読みになるのは構わないが、小説のようなことは、小説の中でしか起こらないのです。あなたは皇族に生まれたからには、それにふさわしい結婚をしなくてはいけないのです。相手の方をどう思うかではない。お国のためになるかどうかということがいちばんなのですから」

「おたあさま」

方子は立ち上がった。そうすると娘の骨格が案外しっかりしているのがわかった。方子はマスゲームに夢中で、運動会でも披露したことがある。

「学校でもその噂を聞いたことがあります。王世子殿下が日本の皇族の女子をめとりたいとおっしゃっていると。だけど、伏見の恭子さまや、山階の安子さまがいらっしゃるではありませんか。どうして私なのですか」

「まあさん、お座りなさい」

娘の意外な手強さに、伊都子は少々うろたえてしまった。

「あなたも皇族の女王ならば、この日本がどんな立場におかれているかおわかりだろう。このあいだロシアに勝って、日本は世界の一等国になったが、そのことが他の国からよく思われていないのですよ。ロシアはもちろん、アメリカもイギリスも、隙あらばとこのアジアを狙っているのです。日本は一日も早く、アジアの長兄として他の国をまとめなくてはならない。だからこそ、朝鮮を日本の一部にして、これほどひき立ててあげているのです。あなたが朝鮮の王世子妃となることは、お国のためだけではない、アジアという大きな地域のためなのですよ」

それは以前、皇族たちの勉強会である講話会で聞いたことを、伊都子なりに咀嚼したものである。しかし方子にわかるはずはない。

「私は嫌でございます。口もきいたことがない、よそのお国の方など」

方子はぷいと横を向いた。娘がこれほど母親に横柄な態度を見せたのはかつてないことである。伊都子は怒りさえおぼえた。娘は可愛い。しかし娘の言うとおりの縁談を調える親が、世間のどこにいるだろうか。

世の中のことなど何もわかっていない娘は、とにかく結婚させることだ。自分もそうであった。まだあどけない年頃に、いかめしい軍服の皇族に嫁いだが夫婦仲はすこぶるいい。守正王は美しい妻を愛し甘やかしている。伊都子もそんな夫を頼りにしながらも、うまく懐柔《かいじゅう》しての夫婦生活である。

「馬には乗ってみよ。人には添うてみよ」

という言葉があるが、十四歳の娘にどうやって伝えることが出来るだろうか。

伊都子は諦めない。その後も何度か娘を説得しようとした。が、方子は頑固な態度を崩さなかった。

伊都子は考える。自分がもしふつうの皇族妃であったら、娘の意志などとうに無視して縁談を進めたであろう。しかし伊都子は欧州生活を経験し、新聞も毎朝かかさず読む、近代的な女という思いもあった。あまりにも封建的にふるまうのは、自負心が許さないのである。

しかし伊都子のこうした行動とは裏腹に、事態はいっきに動き出した。

大正五年七月二十五日、伊都子は日記にこう記した。

「宮内大臣（波多野）参られ、伊都子に逢《あい》たき旨故《むねゆえ》、直《じか》に対面す。外《ほか》にはあらず、兼々《かねがね》あちこち話合居《はなしあいおり》たれども色々むつかしく、はか〲しくまとまらざりし方子縁談の事にて、極《ごく》内々にて寺内を以て申こみ、内実は申こみとりきめなれども、都合上、表面は陛下思召により、御沙汰にて方子を朝鮮王族李王世子垠殿下へ遣す様にとの事になり、同様、宇都宮なる宮殿下すでに申上たりとの事、有難く御受けして置く。しかし発表は時期を待つべしとの事」

波多野に寺内は、李王純宗《スンジョン》からの言葉としてこう告げたという。

「華族の子女だったら、自分は反対しただろう。しかし皇族の女王だったら、非常に喜ばしいことである」

そして天皇陛下におかれても、

「日朝融合の証としてめでたいことだ」

と仰せになったという。陛下のお言葉というのは、すなわち節子《さだこ》皇后のお言葉であろうが、いずれにしてももう後もどりは出来ないということだ。

この事実は伊都子に深い安堵と達成感をもたらす。年中不在であった夫に代わり、自分はこれだけの大事業をやりとげたのだ。思いついてから一年半、時間はかかった。しかし自分の考えた計画が、日本の天皇と朝鮮の王をも動かしたのである。

「しかし、少々厄介なことがございます」

波多野が言った。

「新聞記者たちが嗅ぎつけたのです。早く記事にさせろとせっついております」

「仕方ありませんね」

そして伊都子は次の言葉を続ける。それはこの何日か、ずっと考えていたことであった。

「ただ、条件があるのですよ。娘は毎日、朝鮮の王世子に嫁ぐのは嫌だと泣いています。この縁談は、あくまでもあなたや、総督が持ちかけたものだということにしてくれませんか。そうでなければ、娘に対して言いわけが出来ません」

「わかりました……」

波多野は無表情であった。たとえここでその条件を拒否したとしても、もう事態はまわり出している。彼は最後の土壇場で大きな条件を出した伊都子の手腕に心底驚いているのだ。とはいうものの、新聞発表より前に、各皇族に知らせておくのは大切なことであった。新聞などという下賤なもので婚約を知ったら、彼らはへそを曲げてしまうに違いない。

ちょうど三ヶ月前に、梨本宮家は車を手に入れていた。フランス製のシトロエンは、半年がかりで運んできたものである。

七月二十九日の朝、宇都宮から守正王は渋谷駅に着いた。伊都子とこの車に乗り、伏見宮、閑院宮へ立ち寄った。どこも祝いを口にしながら、「思いきったことを」という表情を隠さない。伊都子はきっぱりと言った。

「お国のためですから」

その後は宮中へ向かった。陛下が後になったが仕方ない。祭事があり午後と決められたのだ。

「日朝のためにおおいに喜ばしいことである」

と陛下は仰せになり、おそれ入りますと伊都子は頭を下げた。陛下は少しお痩せになっているようだった。やはり天皇というお立場は、かなりのご負担に違いない。

その後別室で節子皇后におめにかかった。皇后ははるかに率直であった。

「このような変わった縁談を、よく引き受けてくれましたね」

やはり変わったことだったのかと、伊都子はつくづく思う。しかし、寺内や波多野があの条件を実行してくれているのがわかった。梨本宮家はあきらかに犠牲をはらった側になっているのだ。

伊都子は首を横に振る。

「すべてはお国のためですから」

ひととおり挨拶回りが終わったとたん、例年より暑い夏がやってきた。

八月一日に、梨本宮家は、シトロエンに乗って大磯の別荘に出かけた。この少し前、方子は体調を悪くし脚気と診断されていた。栄養もいきとどき、運動も好きな長女の発病に伊都子は大層あわてたが、幸いなことに守正王の駐在地、宇都宮に連れていったところ、すぐに健康を取り戻したのである。

一家四人で海岸を歩き、貝殻を拾ったりした。百合の花の浴衣を着た方子は、気のせいか急におとなびて見える。最近母親が、縁談を持ち出さなくなったので機嫌がいい。自分が強く断わったら、それきりになったと信じているのである。

家に帰り揃って朝食をとった。その後、守正王は縁側で髭の手入れを始め、伊都子もそれを手伝った。

その時だ。

「おたあさま！」

悲鳴と共に、方子が奥からとび出してきた。ぶるぶる震えるその手には、新聞が握られている。

ああ、今日であったかと伊都子は息を吞んだ。波多野から、協定により八月中に新聞に発表されると聞かされていた。末のことだろうとタカをくくっていたのであるが、八月三日に載ったのである。

「やっぱり、やっぱり……でも、どうして」

方子の目から涙が溢れていた。新聞を母親につき出す。

「李王世子の御慶事」という文字が躍っていた。

「お国のためですよ……」

伊都子はお国という言葉にことさら力を込めた。

四

予想していたよりも、はるかに方子《まさこ》は頑なであった。

新聞で自分の婚約記事を見るやいなや、部屋に閉じこもってしまったのである。女中たちによると、襖の前に置いた盆のものにも手をつけていないという。

「まあさん、お聞きなさい」

二日後、伊都子《いつこ》は娘の部屋の前に座った。

「あなたも子どもではないのだから、ご自分の置かれた立場もわかるだろう。まあさんは前におっしゃったね。級友の方々は、よく音楽会やお芝居においでになる。だけど私はどこに行くことも出来ないと。あたり前のことなのですよ。私たちは気軽なお立場の、爵位があるだけの方々とは違うのです。私たちは皇族という、陛下のいちばんお側にいる者なのです。命を懸けても、陛下をお支えする。この日本という国を守らなければいけない立場なのです。王世子《おうせいし》殿下との婚約は、もう陛下のご裁可をいただいている。嫌だと言って断ることが出来るか、よく考えてみればいい。もしそのようなことをすれば、おもうさまは皇族という身分をお返ししなければならなくなるでしょう。東京の邸とて、国の土地をいただいたのだから、すぐに出ていかなければならないでしょうね」

こういう脅しめいたことは、伊都子の好みではなかったが仕方ない。以前はありったけの知識を動員し、アジアにおける日本の地位、そしてロシアに狙われ続けている日本や朝鮮の危うさを語ったのであるが、十四歳の娘の心には届かなかったのである。

「私たちは、陛下に、どのように申し上げればいいのか」

畏れ多くも、陛下の名を出したことにより、方子はしぶしぶ部屋から出てきた。そしてひと言も口をきかぬまま、家族と一緒に東京へと戻った。

九月からは新学期が始まり、方子はそこで級友たちから祝福の言葉を受けたらしい。クラスの中でいちばん早い婚約だったので、少女たちは興味と好奇心とをつのらせていた。多くが小さな棘《とげ》を秘めた言葉を口にする。これがかえって方子の負けん気をかきたてたらしい。

「王世子さまは日本語をお話しになるのとか、何の言葉で話すの、などと聞く方がおいでだったわ。私はつくづく王世子さまがお気の毒になりました」

帰ってから、方子は母に告げた。肌の薄い白い顔には、涙をぬぐった跡があった。

「はっきりとはおっしゃらないけど、朝鮮の方と婚約するなんて、というお考えがわかりました。お小さいながら日本に連れてこられて、一生懸命お勉強なさった王世子さまに、なんという冷たい態度をおとりになるのでしょうか」

「そうですとも」

伊都子は頷いた。

「おもうさまもおっしゃっておいでだ。王世子殿下は秀才のうえ、士官学校の方々にもとても慕われておられると。まあさんは、お一人で日本にいらっしゃった王世子殿下を、これからはまごころをもってお慰めするのです」

こうして娘の心もやわらぎ、夏が終わるにつれ、伊都子の心配ごともひとつひとつ解消されていく。なぜならば波多野敬直宮内大臣が、次々と約束の実行にかかっているからだ。

婚約報道の後ただちに、新聞は先帝の天長節に、結婚勅許が下されると報じた。王世子と方子との結婚は、皇室典範および皇室婚嫁令による婚儀になるというのだ。

が、これをめぐって、帝室制度審議会と、枢密院とが、後に長々と議論をすることをまだ伊都子は知らない。この議論はなんと、二人の婚儀の後までももちこされることになるのだ。

政治家たちのほとんどが、学習院の少女たちよりもはるかに朝鮮に敬意をはらっていなかった

のである。論議はいつのまにか、

「そもそも、韓国併合で朝鮮王室を、日本の皇族と同じにみなしたことが間違いだったのではないか」

というところまでいきつくのである。

帝室制度審議会総裁伊東巳代治《みよじ》と、枢密院議長山縣有朋とが激しくやり合うことも伊都子の耳には届いてはいない。

彼女にとって、縁談というのは、国など遠くにあってまず女たちが主導する内々のことなのだ。少しずつ、伊都子は婚礼の準備を始めた。宝石店の御木本《みきもと》を呼び、方子が身につけるさまざまな宝石の相談をした。ティアラは一万二千円の予算だ。

御木本はさまざまな下絵を描いてきたが、伊都子はどれも気に入らない。そして支配人相手にこんな昔話をした。

「この頃は日本で王冠をつくれるけれど、私の時はそうではなかったよ」

それは明治二十九年の頃だ。伊都子の父直大《なおひろ》は、婚儀のための宝石をすべてパリに注文した。たまたま所用でかの地に出かけることになった、鍋島の旧臣の者にすべてを託したのだ。ティアラ、首飾り、腕輪、指輪といったものの値段は、それこそひとつの宮家の予算に匹敵したのではあるまいか。ティアラひとつが二万数千円であった。もちろん伊都子は商人相手にそんなことは言いはしないが、

「その時の宝石の見事さは、私どもの間でも広く知れ渡っております」

支配人は頭を下げた。

「あれから二十年たって、日本でもやっとティアラがつくれるようになった。だけど形はまるで追いつかない。やっぱり本場のものはもっと豪華で立派だよ。この真中に使うルビイは、何とかならないものかね」

嫌味を口にする伊都子は、方子が〝皇族〟に嫁ぐことに何の疑問も持っていない。〝皇族妃〟となる方子に、ティアラが必要だと固く信じているのだ。

その頃、伊東巳代治総裁は、「王公家軌範《おうこうけきはん》案」を波多野宮内大臣に提出している。これによって、さらに論議はややこしいことになっていくことをまだ知らなかった。

伊都子が婚約の準備に追われている頃、王世子の兄、純宗《スンジョン》が来日した。天皇に拝謁《はいえつ》するという名目であるが、海外の事情に詳しい鍋島の父直大は、

「おいたわしいことではないか」

と首を横に振った。

「明治の御世、東宮でいらした陛下は、ご自身が朝鮮へいかれたものだ。ところが今は、あちらの王に挨拶に来いという。これは朝鮮総督府が仕組んだことであろうが、長谷川総督も、なんと傲慢なことか。これでは朝鮮の民衆の、心を損ねるばかりだ」

直大は寺内正毅の後任として、朝鮮総督となった元帥陸軍大将長谷川好道《よしみち》についてのいくつかの噂話をした。三井・三菱といったところから、多くの賄賂を受け取っているということ。排日運動の思想犯に対する締めつけもひどい。両班《ヤンバン》出身の官臣たちは、みな日本政府から爵位を授けられ、長谷川におもねるばかりだという。

長谷川もまた寺内と同じく長州の出身である。おそらくこれからも、朝鮮は長州閥が握っていくことになるだろうと直大は語った。

その寺内は、朝鮮総督の功績が高く評価され、昨年内閣総理大臣に就任している。伊藤博文以来、朝鮮総督は日本の総理と並ぶほどの大きな力を持ち始めているようだ。そしてその長州の男たちの頂点には、老いてもなお四方に勢力を誇る山縣有朋が鎮座していた。

この山縣有朋は、枢密院での王世子婚姻に関する議会で、

「これは植民地問題であり、皇室問題にあらず」

と言い放ったというが、直大はそれを娘の伊都子には伝えてはいなかった。どれほど憤るかわかっていたからだ。

純宗は一週間ほどの滞在で、すべての皇族に挨拶をした後、最後に梨本宮家を訪れた。名古屋では、王世子が出迎えたという。

「久しぶりに兄弟二人で、さまざまな話をしました」

それを思い出したのか、少し微笑んだ。彼の前歯の何本かは失なわれている。前に京城で会っ

た時も気づいていたが、言葉も少々不自由である。それを通訳がうまく庇っていた。少年の頃、アヘン入りの茶を飲まされたのが原因という。朝鮮の宮廷では謀略が横行していて、貴人の毒殺がそう珍しくなかった時代の話である。

「私どももと梨本宮家との縁談がまとまったのは、朝鮮にとって大きな慶事であります」

と言った後で、純宗は不意にこう告げたのである。

「王世子の婚約者には、既に破棄を告げていますから、ご心配なさることは何もありません」

「はっ？」

伊都子は思わず聞き返した。通訳は今、確かに、

「王世子の婚約者」

と告げたのである。伊都子があまりにもけげんな顔をしていたのだろう、純宗はおごそかに告げた。

「朝鮮の宮中のならわしで、王世子は子どもの頃に許嫁《いいなずけ》を立てました。しかしこれはしきたりにのっとっただけです。王世子が日本に来たからには、何の効力もありません。どうか安心してください」

それでは、私の義妹になるお方、王世子の妃になる方に会わせていただけませんかと、彼は告げた。

伊都子は躊躇する。なぜならば、方子はまだ一度も婚約者である王世子と会ったことはないの

だ。納采を終えるまでは、二人は会うことはないであろう。それを先に純宗に会わせるのはいかがなものかとちらっと考えたが、相手は兄である。家長というべき人物に会わせるのは、何の問題もないだろうと伊都子は判断した。

「まあさんをここに」

やがて応接間の扉が開いて、方子が現れた。今日純宗が来ることは告げていたが、挨拶に来るようには命じていなかった。しかし方子は正装の振袖に着替えていたのである。伊都子があっと思ったのはその髪型だ。今まで横分けにしていたものを、真中できっちりと分けていたのである。着物を着たためかもしれないが、朝鮮風にしているともとれないことはない。紫地に水仙を染め出した単衣は、方子をとても大人びて見せている。

「陛下、ようこそいらっしゃいました。私が方子でございます」

さらに驚いたことに、方子は朝鮮語で語り出したのである。

「何もわからぬふつつか者でございますが、どうかよろしくお導きくださいませ」

結婚の準備のため女子学習院を中退させてから、フランス語や礼儀作法の他に、朝鮮語と歴史を学ばせていた。わずか半年で、これほど上達していたとは伊都子も少々驚いている。

「これは何という、美しい王女さまでしょうか」

通訳が彼自身も心からそう思っているように、感動したおももちで声を発した。

「あなたのような方が妻になって、王世子は本当に幸せ者です」

「ありがとうございます、陛下」

「ご結婚なさったら、二人でぜひ京城にいらっしゃい。きっとですよ」

「ぜひ、そういたします、陛下」

陛下と呼ばれるたびに、純宗の顔が喜びで輝やいていく。朝鮮総督府では、純宗は陛下ではなく、一段下がった殿下と呼ばれていることを伊都子が知るのは、そのしばらく後のことだ。


翌大正七年は、さまざまなことが動き出した年である。

水面下で密かに進んでいた皇太子の結婚がいよいよ公になったのである。年が明けてすぐ、波多野宮内大臣が、久邇宮邦彦《くによし》王を訪ね天皇からの書状を渡した。新聞各紙は大きく報じる。当然のことながら、方子と王世子の時とは比べものにならないほどの大きさだ。

リボンをつけた数え十五歳の良子《ながこ》は初々しい美しさで、国民はこの吉報に熱狂した。

方子と王世子の結婚も、一応の解決を見た。皇室典範増補が〝つけ焼刃〟のような形で公布されたのである。問題はぐずぐずと議論されていたが、とにかくすぐに納采を行なわなければならない。庶民の結納にあたる納采は、皇族においても大切な儀式である。これを行なわない限りは、正式な婚約とは認められないのだ。現に今の天皇にしても、節子《さだこ》皇后と結ばれる前、伏見宮禎子《さちこ》女王との婚約の内定が決まっていた。が、女王に結核の疑いがあるということで、婚約内定はあっけなくとり消されたという事実がある。納采があるまでは決して気をゆるめてはいけない、というのがすべての皇族が持っている共通認識であった。

伊都子はあまり好意を持っていなかったが、寺内正毅は王世子の婚約についてなかなか誠実なところを見せた。米騒動の責任をとり総理大臣を辞職した後、この件をきちんと次の原敬への申し送りとしたのである。彼が尽力して、皇室典範の増補は決まった。

これによって、皇族女子は王族、または公族に嫁すことが可能となった。王族というのはすなわち李王家である。王公族の長に対し、「陛下」と呼ぶのかということは、また論議の対象となっていく。

十二月五日、正真正銘の陛下、日本の大正天皇から勅許が出される。三日後納采が行なわれた。李王家からは、高羲敬《コヒギヨン》が使者としてやってくる。彼はもともと朝鮮貴族であるが、日本の華族になることも決まっていた。韓国併合によって、多くの朝鮮貴族に、日本の侯爵や伯爵に准じる爵位が授けられたのである。彼は日本語が達者で、口上もなめらかに進んだ。

終わった後、一家で写真撮影をした。陸軍中将の軍服に勲章を華々しくつけた守正と伊都子を中心に、両側に娘たちが並んだ。伊都子と方子は、ローブデコルテの正装、規子《のりこ》は振袖姿である。

何日か後、この写真を見た伊都子は、自分たちの家族が、美しく完璧であると感じた。女三人に囲まれた守正王も堂々としていて風采が立派である。すべてが充ち足りている。ここに一人、若い、そう容貌が秀れていない男が加わるという図がまるで想像出来なかった。いや、加わるのではない。左側の娘がいなくなるということなのだ。やがて右側の娘も消える。そして梨本宮家という美しい家名も消えるはずであった。

いや、仕方ない。娘を持つというのはこういうことなのだから、もうとうに覚悟していたことではないかと、伊都子はその最後の家族写真を、ライティングデスクの奥深くしまったのである。

そして納采の記事が新聞に出た次の日から、思いもかけないことが次々と起こった。まずは嫌がらせの電話である。

「朝鮮人に娘をやるとは何ごとだ。日本の皇族の血を汚すというのか！」

という電話が頻繁にかかってくるようになったのだ。次は脅迫状だ。伊都子は実際目にしていないが、

「娘を朝鮮の男ごと亡き者にする」

というものがあったという。

ある朝は、家令が震えながら報告にやってきた。塀に黒々と「国賊」と落書きされていたというのだ。

「何ということ！」

伊都子は思わず茶碗を落としそうになった。もともとは娘可愛さから始まった縁談であるが、やがては日本のためと伊都子は考えるようになっていた。両陛下からも、

「日朝のためにおおいに喜ばしいことだ」

というお言葉をいただいているではないか。あぁ、あの時の、

「変わった縁談をよく引き受けてくれました」

という節子皇后のねぎらいのお言葉を、下賤な者たちに伝えることが出来たら。しかしそれは不可能なことであった。宮中でこっそりとかわされたお言葉を、どうして下々の者たちに教えることが出来るだろうか。伊都子は歯ぎしりしたい思いにとらわれたが、召使いの者たちの手前、悠然と構えた。

「宮さんのお目にとまったら大変だ。早く消しておしまいなさい。それから警官の数をもっと増やすように、すぐに連絡を」

伊都子にはもうひとつ気がかりなことがあった。それは王世子のもう一人の兄、李堈《イガン》のことである。兄といっても、母親は違い二十歳年長だ。子どもの頃日本にやってきた王世子とは全くといっていいほど交流はない。納采を伝える日の新聞では、この李堈公が父李太王の名代として、婚儀に参列するはずだったが、欠席することになったと伝えている。

彼の素行の悪さには、朝鮮総督府も頭を抱えているという。金遣いが荒いうえに、女性関係がいろいろと取り沙汰されている。

女や金にだらしない日本の皇族はいるし、華族にはそれこそ掃いて捨てるほどいた。公家や維新の功労者に加え、最近は元の藩の家老クラスや、財閥の総帥などにも、爵位が乱発されているのである。不祥事は後をたたない。破産した者も何人かいるはずだ。

しかし朝鮮の王族の不行跡といったら話は別だ。新聞がどのように書きたてるだろうかと、伊都子はすっかり滅入った気分になる。

娘を外国人に嫁がせるというのはこういうことか。しかしもう後にはひけない。後は結婚に向けてつき進むだけであると、伊都子は心を決める。

やがて納采の三日後、初めて王世子がやってきた。

李垠《イウン》王世子が、車から降りて玄関に立った時、伊都子は思わず娘の表情を見た。落胆しているようには見えなかった。あたり前だ。皇族の一員として、感情をあらわにしない訓練を方子はずっと受けていた。友人と戯れる時はいざしらず、こうした肝心な時ほど、高貴な者は無表情でいなくてはならないのだ。

王世子は背が低い。小柄な方子とそう変わらないだろう。ずんぐりと太っていて軍服のボタンがはちきれそうだ。頭の鉢が開いていて顔が大きい。お世辞にも美男子とはいえなかった。

二人はぎこちなく言葉をかわし、応接間の椅子に座った。紅茶を飲み西洋菓子を食べた。王世子からの土産は、桐の箱に入った見事なみかんである。鳥居坂の邸は全くの男世帯と聞いている。誰がこのような心くばりをしたのかと、伊都子はふと温かい気持ちになった。

二人は向かい合ったまま、ほとんど喋べらない。方子は無口な娘であるが、王世子も同じだったようだ。

これではらちが明かないと、伊都子は王世子に声をかける。

「殿下は休日の時は、どのようにお過ごしなのですか」

「休日といっても、たいていは勉強に追われております」

王世子は、陸軍大学校を受験することになっていた。

「まあ、それはさぞかし大変でしょうね」

「学科はなんとかなりますが、私は不器用な質《たち》で、教練がそう得意ではありません。徒競走などはすぐに息が切れます」

あまりの正直さに、伊都子はつい微笑んだ。

「それでもお楽しみは何かおありでしょう」

「そうですね、本を読むことと、音楽を聞くこと。多少ピアノを弾きます」

「まあ、殿下はピアノをお弾きになるのですか」

「はい、ピアノは日本に来た時から習っておりました。伊藤公が、王世子は軍人であると同時に貴人である。貴人のたしなみは、フランス語と音楽であろうと、ふたつの教師をつけてくれたのです」

「まあ、それはそれは。ぜひ殿下のピアノを聞いてみたいものです。ねえ、まあさん」

かすかに方子の顎が動いた。

「最近はほとんど稽古しておりませんので、お聞き苦しいかもしれません。私一人で弾いて楽しんでいるものですから」

伊都子はこの青年の素直さに好感を持った。謙遜というのでもなく、淡々と事実を語っているのであるが、それは高貴な人だけが持つ態度である。

伊都子は応接間の隅に置かれたピアノへと導いた。ドイツ製のアップライトであるが、日本では調律師という者がほとんどいないために、やや音が正確でなくなっている。王世子はぽろんと丸っこい指を鍵盤に置いた。モーツァルトが流れ出す。

王世子が弾く様子を方子はテーブルの前で眺めている。表情はぴくりとも動かない。途中、弾き手ははっきりとわかる間違いをした。もう一度やり直す。

その時、方子の唇がほんの少し動いたのを伊都子は見た。嘲笑ではない。同じ箇所を繰り返す愚直さが、微笑をさそったのである。

なんとかなりそうだ、と伊都子は安堵のため息をもらした。

五

一般の家庭でもそうであるが、婚約したとたん、相手の経済状況はよくわかってくるものである。

李王家の財産は、伊都子《いつこ》の予想をはるかに上まわっていた。伊藤博文が約束した額よりもはるかに多い、年に百五十万円の王族費はあったたし、そのうえ祖国からもたらされる、不動産や株の利益も莫大なものがあったのである。

納采の際に王世子《おうせいし》より方子《まさこ》に贈られた婚約指輪は、朝鮮王室の誇りと富を充分にあらわしていた。五カラットのダイヤを中心に、流線型のダイヤが五弁の花びらをつくっていた。これは李王家の紋章である、すももの形である。

「こんな見事なダイヤは見たことがありません」

御木本《みきもと》の支配人もため息をもらした。

「おそらく早々と、欧州でつくらせたものでしょう。他の妃殿下方も、こんな大きさのダイヤは目にされたことはないはずです」

おそらく今、婚約中の久邇宮良子《くにのみやながこ》女王にしても、これほどの指輪を皇太子からもらえないはずだ。日本の皇室は質素を旨にしていたし、皇后が許されるはずはなかった。

秘かに漏れてくる話であるが、皇后は息子の許嫁をあまり気に入ってはいらっしゃらない。良子というよりも、久邇宮家に対して、いろいろと不満がおありのようだ。

あのような難しい姑がいるところに、娘を行かせなくてよかったと、伊都子は決して負け惜しみではなくそう思う。王世子の母親は既に亡くなっていたし、父親の高宗《コジョン》も高齢である。祖国には王である兄の純宗《スンジョン》がいた。王世子はあり余る財力を持ち、しかもずっと日本で暮らすことになっているのだ。

燦然《さんぜん》と輝やくダイヤの指輪は、自分の裁量に対しての褒賞のようなものだと伊都子は思う。自分以外の皇族の誰が、娘を朝鮮王室に嫁がせようなどと考えたであろうか。

先日新聞で読んだのであるが、王世子と方子の婚約をきっかけに、庶民の間で「内鮮結婚」が増えているという。大正元年には三千人を少し上まわる程度だった、日本にいる朝鮮人の数が、今年大正七年には二万二千人になったというから驚く。それによって四月には、日本人と朝鮮人とが結婚する際の、法律も出来上がったのである。

すでに王世子との結婚は、陛下がおっしゃったとおり、

「日朝融合の証」

となったのだ。

伊都子の得意はまだ続く。李王家は結婚を機に、紀尾井町に新御殿を建設するというのだ。今の鳥居坂の住まいは、佐々木高行侯爵の邸宅を修理したものである。古いうえに不便なつくりなので、どうかあまり花嫁道具をお持ちにならないでいただきたい、というのが李王家からの口上であった。

しかし梨本宮家の長女が、貧しい支度でいけるわけがない。伊都子はあちらの担当者と検討した結果、新しい御殿が出来た時に、しかるべき家具を運び入れるとりきめをした。といっても、方子が持っていく衣裳やこまごまとした道具だけでも、かなりの量になる。本好きの方子は、娘時代に読んだものを持っていきたがった。整理しようとすると、

「王世子さまも、これからはあなたが勧めるものを読みましょう、とても楽しみですとおっしゃっているのですよ」

と母を責めるのも、婚礼が近い娘の言葉だと思うと微笑ましい。しかも、

「王世子さまが、アルバムも必ずお持ちになってくださいねとおっしゃったわ」

方子の幼ない頃の写真を、どうしても見たいということだ。

暇を見つけ、伊都子は家族のアルバムの中から、方子が写っているものを何枚か剝がし、それを別のアルバムに貼るという作業を始めた。

といっても数は多くない。明治三十年代、写真は現在よりはるかに貴重なものであり、何かあると、助手をひきつれた写真師が、家にやってきて撮影してくれたものだ。

まだ赤ん坊の方子を抱く、洋装の伊都子の写真があった。背景は何も写ってはいないが、当時住んでいた一番町の邸宅だとわかる。

新婚当時、梨本宮守正夫妻は、兄の久邇宮邦彦《くによし》王邸に同居していたのだ。

当時は久邇宮夫妻だけではない。母親がそれぞれ違う五男の多嘉《たか》王、八男の鳩彦《やすひこ》王、九男の稔《なる》彦《ひこ》王とぞろぞろと弟たちがいた。

加えてお歯黒の老女が何人か残っていて、数え十九歳の伊都子はどれほど苦労したことだろう。

この一番町の屋敷で、久邇宮の尊大さをさんざん見せつけられた。維新後も市中で貧乏をした、四男梨本宮守正のことをどこかで見下していたのであろう。渋谷の別邸、今の本邸があったからよかったものの、若い伊都子にとっては、実に息苦しい屋敷であった。

その一番町の屋敷で、伊都子は三浦梧楼に会ったことがある。久邇宮家が催した小さな集まり

であった。三浦はこの屋敷の元の持ち主として出席していたのである。

「院長」

皇族妃の伊都子が礼を尽くしたのには理由がある。三浦はかつて学習院院長だったのである。

「私のことを憶えていらっしゃいますか」

「もちろんでございます」

頭を下げた。

「お可愛らしい、鍋島のお姫さまでいらっしゃいました。このようにご立派な妃殿下になられて恐悦至極に存じます」

四角い顔をした風采のあがらない男であるが、欧州生活を経験しているせいか、なかなか洗練されたものごしである。

「今夜は梨本宮妃殿下にもおめにかかることが出来て、まことに光栄でございます」

その時、ひやりとしたものを感じたのは、伊都子が朝鮮での出来ごとを知っていたからだ。

明治二十五年に学習院院長を辞して三年後、三浦は朝鮮公使となった。そして着任してすぐに、閔妃《ミンビ》斬殺の首謀者となったのだ。このことは国際的にも大問題となり、三浦は法廷の場に立つこととなったが、罪に問われることはなくすべてうやむやにされた。

日本の軍隊を出動させたにもかかわらず、日本人のふりをした朝鮮人の凶行ということになったのである。

日本の新聞では、夫である高宗のクーデターと報道された。ひよわな精神の高宗は幽閉状態にされ、その間に閔妃は、日本を排除しロシアに近づこうとしていたのだ。それゆえ高宗の決起に、愛国主義の大陸浪人たちや三浦が手を貸したというのである。

その新聞記事をじっくり読んでいくうち、三浦が長州藩士で、西南戦争の英雄と聞き、やれやれと思った。三浦は伊藤博文の寵愛を受け、朝鮮公使もその筋からと聞いている。長州の男たちの権力に対するはびこり方は伊都子を辟易させた。軍隊という玩具をもらって喜々としている薩摩の男たちとも違い、長州の男たちというのは、巧妙に粘っこく権力に固執するのである。

三浦は一番町の家で会った後、日本からも海外からも勲章を山のように貰った。軍人生活を経て今は枢密顧問官として悠々自適の暮らしをしているが、政界の黒幕として時々名前が出てくる。人を殺《あや》め、わずかな間ではあるがいったんは入獄した男が、どうしてこのような栄達を手に入れられるのか。そのカラクリが伊都子にはまるでわからない。

とうに記憶の底に沈んでいた三浦が、今はっきりと甦えるのは、あの晩餐会の夜、伊都子が既に身籠っていたからに違いない。その時の腹の中の赤ん坊が、もうじき朝鮮王室に嫁ぐことになっている娘、方子である。

方子はあの一番町の屋敷で生まれた。そしてあの家を建てた男は、方子が嫁ぐ男の父の妻を殺しているのである。

この写真を手にするまで、その偶然にまるで気づかなかった。ぞぞっとかすかな寒気をおぼえたが、伊都子は深く考えまいとする。迷信や伝説の類に、どれほど嫌な思いをしてきたことか。子ども時代、鍋島の姫として級友にからかわれたことがある。鍋島の化け猫の話は、日本中に知れわたっているからだ。

「気にすることはない。こんなことはよくあることだ」

ひとりごちた。

旧い家に嫁ぐということは、そこに伝わるすべての因縁をひき受けるということだ。祖先の逸話を引き継ぐことでもある。今度、方子に教えてやらなければなるまい。

大正八年の正月は特別のものとなった。方子の婚儀の日である一月二十五日はもうすぐである。娘と過ごす正月はこれで最後になると思うと、新年の儀式もことさら念の入ったものとなる。

六日は宮中からの使者が来て、方子は勲二等宝冠章を授かる。近年これを授かったのは、今上天皇をお産みになった柳原愛子《やなぎわらなるこ》典侍だ。良子女王が皇太子妃になる時は、勲一等宝冠章であろうと、伊都子はちらりと考える。

九日は、方子についていく侍女たちの荷づくりをし、十日は宮中へ参内し、陛下と皇后にお礼を申し上げる。十一日は方子の家庭教師や親戚の者たちを集めて小さな宴を催した。

そしてふつうの家庭と同じように、梨本宮家でも花嫁道具を並べ、客たちに披露する。

十二日から広い客間に紅白の幕を張った。新築の予定があるのですべての家具は置いていないが、紋章を入れた鏡台や箪笥、長持ちの類はある。伊都子が欧州から持ち帰ってきた銀食器、ベネチアングラスの数々。漆の器は京都の老舗につくらせたものだ。その他鍋島家由来の有田焼は見事な献上品も多い。

十五日、学習院の級友たちが四十八人もやってきた。彼女たちは好奇心をおさえることが出来ない。自分もいずれ高貴な家に嫁ぐ少女たちであるが、相手が異国の王子というのは初めてなのだ。が、花嫁道具が日本のものと全く変わりないのでやや落胆している。目をひいたものといえば、華やかなチョゴリという衣裳ぐらいだ。

多感な年頃であるから、中にはしくしく泣き出す少女もいた。

「おえらいわ……。まあさま、お国のために本当におえらいわ……」

どうやら方子の結婚は、羨むべきものではなく、賞賛されるものらしい。その犠牲的精神においてて。

こうして騒々しく披露した花嫁道具を荷づくりしたのは十九日だ。二日後の二十一日、宮内省がさしまわしてくれた車が二台、運送会社からトラックが三台来て、午前に四回、午後に二回、渋谷の梨本宮邸と、鳥居坂の御殿とを往復した。

伊都子は自分の花嫁行列を思い出さずにはいられない。出入りの若い衆たちに、揃いの法被《はっぴ》を着せた。鍋島家という文字と、紋章が染め抜かれている。伊都子や両親、家来たちが屋敷前に並ぶと、男たちから木遣《きやり》歌が流れた。

「あーんよー、えーーいやーあ、あーえ、富士の白雪は、やーあ、あーえー、朝日でとけるよ」

歌いながら行列は続く。永田町の鍋島邸から一番町の久邇宮邸まではすぐであるから、男たちはゆっくりと進む。箪笥、長持ちを二人で担ぐさまは、それこそ江戸の姫君の婚礼行列である。見物人も多い。

「鍋島のお姫さまのお輿入れだ」

子どもたちは囃し立てた。

しかし二十年ほどで世の中はすっかり様変わりしてしまった。今はトラックに積み込んでさっと運び出すのである。

それでも伊都子はすっかり疲れてしまった。赤十字で奉仕する時は、一日中立って兵隊の介護をしていてもびくともしないのに、今は体中から気力が抜けてしまったようだ。夫や娘とも会話をかわす気分になれず、居間でやすんでいると、かつて鍋島家で仕えてくれていた老女が来たという。あの頃五十代の奥女中だったから、もう七十は過ぎているに違いない。曲がった腰に杖をついている。

「このたびは、女王さまのご慶事、まことにおめでとうございます」

祝いを述べた後、

「はて、荷送りはいつなさるのですか。私は木遣歌を聞きにまいりましたが」

「もうそんなことはしやしないよ」

伊都子は苦笑した。

「さっきトラックが来て、もう荷物は送り出したよ」

老女は大きく目を見張り、やがてはらはらと涙を流した。

「まあ、なんという情けない世の中になったのでしょうか、トラックで荷送りとは……。方子さまは宮家の女王さまでいらっしゃるのに。ああ、おいたわしや」

まあ、なんと人に泣かれる婚礼だろうかと、伊都子は少しうんざりしてしまった。老女を帰した後は、居間の長椅子に座り、蓄音機をまわす。

伊都子は音楽が大好きで、欧州を旅行した際は、各地の劇場の音楽会に行った。オペラも観たことがある。ベートーベンやショパンも聞くが、いちばんほっとするのは、こうした長唄の類かもしれない。子どもの頃から花柳流を習っていた伊都子は、さまざまな唄を口ずさめるほどである。

「言わず語らぬわが心、乱れし髪の乱るるも、つれないはただ移り気な、どうでも男は悪性もの……」

年端もいかぬ華族の姫君が、どうしてこうした唄で踊らされたのか……、今となってはまるでわからない。宮家に嫁いでからは、踊ることはもちろん、歌舞伎見物も警備上許されなかった。

李王家に嫁ぐ方子は、どんな生活になるのか。時代も変わったことだし、もう少しのびのびしてもよいだろう。御殿には舅や姑がいるわけではない。おそらく方子は、自分よりもはるかに大きな自由を手に入れることが出来るはずだ……。

窓からさし込む光は、あっという間に冬のたそがれの頼りないものになっている。伊都子は蓄音機を止めた。近づいてくる足音を聞いたからだ。

緊張のあまり顔をこわばらせた執事が入ってくる。

「今、李王家のお使いがいらっしゃいました」

「あちらから？」

先ほど荷物を送り出した相手である。何か不都合なことがあったのだろうか。

「すぐに通しなさい」

老人は既に顔なじみの李王家の重臣である。直立不動で彼は言上する。

「申し上げます。李太王さまが、今朝脳溢血でご危篤となられました。王世子殿下は、ただちにご出発となられます」

「ちょっとお待ちなさい」

自分の声が震えているのがわかる。

「それでは、四日後の婚儀はどうなるのですか」

「延期ということになります」

伊都子の頭の中で、さまざまなことが浮かび上がり錯綜する。

李太王、あの殺された閔妃の夫。三浦梧楼、一番町の屋敷。そこで産声をあげた方子。李太王は、方子が四日後に嫁ぐ男の父親である。すべてが繋がる。何か大きな力が働いて、この婚礼を邪魔しているのではなかろうか。

一瞬、目の前が白く閉ざされたが、伊都子は必死に立ち、命を下す。

「わかりました。延期はいたしかたなし、とお伝えください」

次の日、王世子が出発した後、彼の父、高宗の死が伝えられた。王世子を東京駅に送ってから、方子はずっと泣いていた。

それほど許嫁に心を移していたのだろうか。それとも自分が嫁ぐ家の今後に、不安を感じているのだろうか。おそらく後者の方だと思う。

が、それはもう仕方ないことである。陛下からの勅許は下った。婚儀は一年延期されるものの、必ずとり行なわれる。

「本当にこの縁談は大丈夫であろうか。私はもともと、朝鮮に嫁ぐことに不安があったのだ」

今になって守正が、非難めいたことを口にするようになった。そもそも李王家との縁談は、伊都子が思いつき、伊都子が全力で進めたことなのである。

「朝鮮王室は、昔から暗殺や陰謀の渦まくところと聞いている。そんなところに方子をやってよいものだろうか」

「今さらそんなことをおっしゃって。宮さまのお言葉とは思えません」

伊都子はきっとなって反論する。

「王世子さまは、ご留学によって朝鮮王室から離れた方なのですよ。近代的な学問を身につけられ、進んだお考えをお持ちです。これからもずっと日本でお暮らしになるのですから、何の心配もいりません。そうでなくても、李太王さまご薨去《こうきょ》には、いろいろ噂がとびかっております。私たちがしっかりしなくてどうするのですか」

これは伊都子が自分に言い聞かせている言葉である。

方子でさえ、おずおずとこんなことを口にする。

「おたあさま、李太王さまは、毒殺されたというのは本当でしょうか」

前日までは健康で何も悪いところはなかった。寝室に入られ、若い侍女がいつものように紅茶を差し上げた。その中に砒素が入っていたというのだ。

「そんなこと、誰にお聞きになったの」

「学習院の友だちが、先日お悔やみにいらしてそうおっしゃったのです」

「またあの方たちかい」

花嫁道具の披露の日に、わっと押しかけてきた少女たちを思い出す。

「まあさん、いいかい、あなたは朝鮮王世子の妃殿下になる方なのですよ。そうでなくても、李太王さまがみまかられて、かの地の人々が騒いでいると聞いています。これは日本のやったことだと」

最後は声を潜めた。

「そんな時に、将来王妃となるあなたが、そんなことを言ってどうしますか。こういう時こそ王世子さまをお慰めし、お気を強く持っていただくのです」

一年の延期は確かに試練であろうが、このことは若い二人にはいいように作用していると、伊都子は考え始めた。

守正は師団長としてすぐに京都に戻ったが、王世子が日曜日ごとに遊びにやってくるようになったのだ。無口な二人だから、そう会話がはずむわけではない。王世子はあまりうまくないピアノを弾き、方子は琴を弾いた。伊都子を交えてトランプをすることもある。菓子を賭けたポーカーでは、いつも伊都子が勝った。

「ほほ、殿下、また私が勝ちました。どうしてそんなにいつも強気におなりになるの」

伊都子がからかうと、王世子は口惜しそうに唇を嚙んだ。男の子を持たない伊都子は、その様子がおかしくて仕方ない。家族との縁が薄い王世子が、素直になついてくれるのも嬉しかった。

いつのまにか、王世子は夕飯も食べていくようになり、食後は客間で静かに方子と何やら喋べっている。

伊都子は婚約時代、庭を散歩している最中、守正に突然抱きすくめられ、接吻されたことを思い出した。不器用な王世子には、とてもそんなことは出来そうもない。が、夫婦になったあかつきには、肉体的にもきちんと結ばれてもらいたいものだ。そのうち、日赤からその方面の医学書を借りてこよう。

六

それにしても延期の一年間は長かった。思いもかけぬいろいろな災いがふりかかってきたのだ。守正が師団長をつとめる京都第十六師団が、満州へ移動したのである。慣れぬ土地で、守正はたちの悪い風邪にかかり、そのまま肺炎にすすんでしまった。重体という電報が届き伊都子《いつこ》はどれほど心配したことであろう。そして真先に考えたことは、

「これでまた延期になったら」

ということだ。万が一、守正が亡くなることになれば、もう一年延期になるに違いない。迷信の類は嫌いな伊都子であるが、そうなったら覚悟を決めるつもりだ。この縁談には何か大きな意志がはたらいていると認め、どんな理由をつけても破談にするしかないだろう。

幸いにも守正は回復に向かい、気候の悪い満州を避けて帰国することになった。そして大磯の別邸で静養に入った。伊都子にとって、看護はお手のものだ。なにしろ講習を受け、免許を持っているのである。かつて赤十字の者たちは、

「このようなご身分でなかったら、女医になられた方」

と伊都子を賛えたが、まんざら世辞ではなかっただろう。吉岡弥生がつくった東京女医学校を

日赤の幹部たちと見学に行ったこともある。

心を込めて伊都子は夫を看た。きちんと消毒をし、いちばん心地よい姿勢にするため、枕や布団を工夫する。滋養のあるスープを鶏からとる。こうして一時ぎくしゃくしていた夫婦仲は、大磯でまたたくまに修復していったのである。

「李太王さまは、つくづく不思議な方ではなかろうか」

浜を散歩している時、守正は本音を妻に漏らすこともあった。

「もう何年前になるだろうか……。規子《のりこ》が生まれた年だから、明治の四十年だ。李太王はハーグの万国平和会議に、密使を遣わされた。日本の横暴を世界に訴えようとなさったのだ。しかしそれはすぐに露見して、伊藤博文の怒りを買った。そして退位に追い込まれたのだ」

それは王世子《おうせいし》に関することだから、伊都子もよく知っている。これによって朝鮮の王は、王世子の兄・純宗《スンジョン》となった。来日した純宗とは二年前に東京で会っている。

「しかし、歳月がたって、今回、李太王はまた同じことをなさろうとしたのだから驚くではないか。パリの講和会議にまた密使を送ろうとなさった。そのために朝鮮総督府がさし向けた、侍医に毒殺されたという……」

「本当でございますか」

「私は真実だと思っている。いくら不仲だったと言われていても、李太王は自分の妻を日本人に殺された方だ。お恨みはもっともだが、それなのにまた同じあやまちを繰り返されるとは……。

あの方がもっと注意深くことを進めていたら、お命がなくなることはなかったであろう……」

守正は海の遠くを見つめる。考えてみると李太王は娘の義父となる人なのである。

「満州にいれば、アジアの様子もよくわかる。朝鮮は李太王の死をきっかけに、あちこちで大変な騒ぎになっているのだ。学生たちが銃を持って立ち上がり、日本は許せんと暴動を起こしている」

「そんなことは、まるで知りませんよ」

「あたり前だ。日本の新聞には書かれていない。書いてあったとしても小さな記事で、不逞の輩がよからぬことをしたことになっている。まあ、満州にいると、日本がまわりの国からどれだけ憎まれているかよくわかる」

「しかしそれもじきに終わりましょう。アジアの長兄である日本が、アジアをひとつに豊かにすればいいのです。アジアを守ろうとする日本の真心を、きっとわかってくれる日がくるはずです」

「そうだといいのだが……」

守正は海に向かって腕組みをする。病いをきっかけに、閑職に就かされた守正は寂し気である。

「我らは李王家と縁組みすることで、かの地の人々の心が、他の日本人よりもはるかにわかるようになった。かの国の人々に心を寄せることによって、我らは他の日本人とは違う者たちになったのかもしれない」

「そうかもしれません……」

夫には家に届いた何通かの脅迫文や、「国賊」と書かれた落書きのことを内緒にしていたが、とうに知っているのだろう。

「しかしもう決めたことは仕方ありません」

伊都子は胸を張る。後戻りをすることは嫌いであった。夫の発病で気弱となった心を奮い立たせる。

「きっとこの婚儀を、人から羨ましがられるものにいたします。もうおいたわしい、といって泣かれるのはごめんですよ」

それから四日後、王世子が不意に大磯を訪れた。富士の裾野での大演習があり、東京から、藤沢、大磯、小田原と進む際、この別邸に立ち寄ったのだ。

「まあ、こんなところにいらっしゃるとは」

伊都子は驚き、中に招き入れようとした。

「いや、小休止の時間にここにやってまいりました。三十分程度しかいられません」

夏のこととて馬から降りた王世子は額にびっしり汗をかいている。

「ここでご挨拶させていただいてもよろしいでしょうか」

軍人がゲートルを外す大変さを知っている守正が、縁側にやってきた。腰かけて男二人が何やら語っている最中、浴衣姿の方子《まさこ》がひっそりと姿を現す。

「さあ、早くおいきなさい。おもうさまのお見舞いということになっているけれど、まあさんに会いにいらしたのですよ」

「でもこんな格好で恥ずかしい……」

王世子が渋谷の屋敷を訪れる時は、方子はたいてい振袖姿だ。いくら避暑地といっても、軽装を見られるのは初めてであった。

方子が近づいていくと、気配を感じた王世子は振り返る。そして朝顔模様の浴衣を着た許嫁をみつめる。

目に光が走った。恋をする男の顔だと伊都子は思った。

「大磯まで来たものですから……」

口ごもった。

「ありがとうございます」

そこへ女中が井戸で冷やしておいた麦茶を運んできた。王世子はそれをひと息に飲む。健康な青年の喉ぼとけがあらわになった。

「演習は大変でいらっしゃいましょう」

方子が問うと、

「急に暑くなってきたのがこたえますが、この程度の行軍は、そう珍しいことではありません。今夜は御殿場に泊まります」

「泊まるって、まあ、外でおやすみになるの?」

「いいえ、今日は野営ではありません。きちんとした営舎があるのですよ」

二人はいつのまにか、はきはきとした会話を交すようになった。やがて王世子がひらりと栗毛の馬に乗るのを、方子はせつなげな表情で見つめる。

その夜、方子はこんな歌をよんだ。伊都子がいずれ東京に届けるようにと勧めたのだ。添削もしてやった。

「はからざりき波うちよする磯の家に
たちより給うきみを見むとは」

「あすはまた箱根の山をこえまさむ
降るなむらさめ照るな夏の日」

〝照るな夏の日〟、と伊都子は繰り返す。どうか二人の婚儀がうまくいきますように。もうこれ以上、災難が起こりませんように、と祈っていた。


大正九年四月二十八日。

一年間の延期を経て、方子と王世子の婚儀がとり行なわれた。

すべてのことを吹きとばすような、美しく晴れた日であった。

方子は白絹地に刺繡をほどこしたローブデコルテに、駝鳥の羽をこんもりと飾ったチュールのベールをつけ冠を頭にのせた。背が低い方子であるが、この英国風の正装はとても似合っている。

本来ならば、皇族女子の婚儀は袿袴《けいこ》となるが、今回は相手が日本人でないことを配慮したのである。

十二単を簡略化した袿袴姿は、新聞社に配るためにあらかじめ写真を撮っていた。婚儀は徹頭徹尾、ふつうの日本式で行なわれたが、神道にのっとる皇族の婚儀とはかなり違っていた。

小笠原流礼法により、三三九度の盃がかわされた。それよりも日本式であったのは、方子の名は今日から李方子となったことだ。

朝鮮ならば女性は夫の姓を名乗らない。結婚前の姓を生涯名乗ることになっている。が、方子は李という苗字になった。

このことを伊都子をはじめとする日本側は、別段不思議とは思わない。王世子はずっと日本で暮らすのであるし、日本の政府の歳費で生活していくのである。婚儀のやり方が日本風になったとしても、何の問題があるだろう。もし朝鮮風の婚礼をしたいのならば、いずれ祖国で挙げればよいのである。

伊都子は満足していた。婚儀の方式は異なったとはいえ、政府は皇族の婚礼にふさわしい体裁を整えてくれたのである。

朝から、七十人ほどの儀仗隊が梨本宮邸の門の前に立った。宮内省さしまわしの、二頭立ての馬車も用意されている。使用人や縁のある者が数十人見送りのために玄関に立っていたが、この者たちには酒と饅頭がふるまわれた。

出発の前、親子で短かい儀式があった。守正と伊都子の前に、ローブデコルテ姿の方子がしずしずと進む。わが子ながら眩《まばゆ》い美しさで、ほんの一瞬であるが伊都子は、この娘を朝鮮の王子にやるのが惜しくなった。同い齢でなかったら、久邇宮良子《くにのみやながこ》とのことがなかったら、皇太子妃にこそふさわしい娘だったのではないか。

「おもうさま、おたあさま、長いことありがとうございました……」

濃い化粧の方子の目から、はらはらと涙がこぼれ落ちた。守正は深く頷くだけで、こういう時、何か言うのは伊都子の役目である。

「あなたは重い使命を担うことになりますが、そのことを決してお忘れになりませんように。それから梨本宮家の名を汚さぬように、立派な妃殿下になるのですよ。きっと苦しいことも多いでしょうが、あなたならきっと乗り越えられるはずです」

いつのまにか自分の声も震えていることに伊都子は気づいた。そしてどうしてこの時、

「李王家の名を汚さぬように」

と言わなかったのか、と考えたのは、この日から数十年もたった頃である。

この後、鳥居坂の王世子邸で、朝香宮、久邇宮夫妻、鍋島侯爵夫妻、宮内大臣、李王家からの使者などが混じって祝いの午餐会が開かれた。

その夜九時半、新婚夫婦は無事寝室に入ったと李家の事務官から電話があって、伊都子はどれほど安堵したことだろう。この後の首尾もきっとうまくいくに違いない。

婚礼の一ヶ月前から、伊都子は日赤から持ってきた医学書を前に、いろいろと説明してやったのである。そして最後に必ず、

「すべては殿下にお任せするように」

と結んだ。どれほど方子が理解したかはわからないが、そう怯えたり驚いたりはしないはずである。

受話器を置いて居間に戻ると、守正は何やら難しい顔で新聞を読んでいるところであった。大磯での療養もまだ続いている。きっと疲れが出たのであろう。

「今、あちらの事務官から電話があって、王世子さまとまあさんは、寝室に入られたそうですよ」

「それは何よりだった」

とつぶやいた後、非常に重要なことを伊都子に告げた。

王世子と方子を乗せた馬車が、鳥居坂の邸の正面に近づいた時、誰かが手投弾を投げつけたというのだ。幸いなことにそれは不発に終わり、犯人の朝鮮人の青年はすぐに逮捕された。

「まあ、本当でございますか。そんな……」

伊都子は絶句した。いったい誰がそんな怖しいことをしたのだ、いったい何のために。今朝の新聞も「日朝融和の証」と結婚を寿《ことほ》ぐ言葉がちりばめられていたではないか。

「そなたも知っていよう。王世子さまのお父君、李太王が亡くなられた後、朝鮮各地で暴動が起こっているのだ」

それは後に三・一運動と呼ばれた、朝鮮独立運動である。李太王の死に憤った学生たちの蜂起がきっかけとなり、みるみるうちにその運動は朝鮮全土に拡がっていった。

「すぐに沈静化すると総督府は思っていたようだが、ずっと長びいているようだ。手投弾を投げた者も、朝鮮から渡ってきた者かもしれぬ」

「なんと怖しいことでしょう」

やっと声が出た。

「日本は朝鮮を、ロシアや中国から守ってやったのですよ。日本と併合されたことで、どの国も手出しが出来なくなったのではありませんか。そのうえ、道路や学校をつくって、朝鮮を日本と同じようにしようと、これほど力を尽くしてやっているのです……」

今日の方子の結婚は、日朝のさらなる親和のためにという大きな使命を帯びているのだ。最初は泣いて嫌がっていたものの、今は心から王世子を慕っている様子である。方子は朝鮮語を習い、少しでもかの国を理解しようと必死だ。そのけなげな娘をも、その暴漢は亡き者にしようとしていたかと思うと、伊都子は次第に肌が粟立ってくるようであった。

「まあさんはこれから、厄介なことに巻き込まれなければいいのだが」

「そんなことはさせません」

息荒くなった。あの光景が甦える。「国賊」と落書きされた塀。

「貴い血を朝鮮人で汚すのか」

電話の低い声……。どうして世の中はわからないのか。自分の娘は、日朝の絆のため、アジアの平和のためという大義を背負って嫁いでいったのである。最初伊都子は、この縁談を少々変わってはいるが、条件は決して悪くないものとして進めていった。それは少年の時に留学生としてやってきた王世子を、ほとんど日本人としてとらえていたからである。日朝の状況についても、伊都子は無知ゆえに偏見がない。それが娘を嫁がせるという選択に向かわせたのである。が、婚礼が近づくにつれ、伊都子の前には「国家」というふた文字が立ち塞がるようになった。それはなんとややこしく、暴力的なものであることか。

娘の幸せを願った縁談という甘やかなものが、いつのまにか巨大なわけのわからぬものに操られようとしている。しかしもう後戻りは出来なかったし、後悔は伊都子の嫌悪する行為であった。

「私たちがあの二人を守らなくてはなりません」

夫に向かって宣言した。

「朝鮮のごたごたを少しでも退けなければ。王世子さまはこれからずっと日本でお過ごしになるはずです。朝鮮はもう日本の一部なのですからね。日本でお暮らしになれば、暴動に巻き込まれることもなく安全にお暮らしになれます。もし何かしようとする者が現れれば、どんどん死刑にすればいいのですよ」

それが伊都子の本心であった。

手投弾の話は、夫婦の間でもそれきり話題にしないようにした。

伊都子は足しげく鳥居坂の邸を訪れる。本来ならば皇族妃の伊都子が、娘の嫁ぎ先に出かけるというのは世間を憚ることだ。しかし伊都子は若夫婦のことが心配でたまらない。警備の様子もそれとなく聞いてみたりする。

もちろん娘の夫が、王世子でなかったらこんな風にはいかなかったであろう。伊都子の訪問は、最初は彼の留守に限られていたが、次第に三人で会うようになった。自分のことを慕い頼りにする王世子が、伊都子は可愛くなってきた。今まで男世帯だった李家は不手際なことが多く、娘のためにも伊都子は、さまざまな指示をする。

おかげで朝鮮人の事務官たちからは、

「まるで入り婿のようではないか」

と陰口を叩かれるほどだ。

心配した夫婦の仲であるが、伊都子の想像以上に良好であった。方子は朝鮮語を必死に習い、時には朝鮮服を着て夫の帰りを待ったりする。

「チョゴリを着ると、殿下はとてもお喜びになるのです」

何を思い出したのか微笑む。

「とてもよく似合いますよ、と誉めてくださいます。なんでもあちらの宮中で暮らしていた頃、母上さまのチマの中にもぐられて外を眺めていらしたというのですよ」

王世子の母、厳妃《オムビ》は、正妻閔妃《ミンビ》亡き後、李太王の寵愛をひとり占めしたと言われているが、王世子の留学中に亡くなってしまった。腸チフスが原因で、死にめに会えなかった母のことを今も王世子は思い続けているというのだ。

「私がチョゴリを着ると、朝鮮の事務官たちも大喜びです。だから私は、これからしょっちゅう着ようと思っています」

なにもそこまでしなくても、という思いが伊都子の頭の中をかすめる。そもそも王世子は〝日本人〟になるために、この国に連れてこられたのであるから。

数え十一歳の時からこの国に住む王世子は、もはや日本人と同じように日本語を喋べる。だから方子が、それほど必死に朝鮮語を喋べることはないと思うのだが、娘は大層真面目な性格である。毎晩机に向かっているらしい。

「私が勉強をしていると、殿下が陸軍大学校からお帰りになります。お紅茶をお出しした後で、二人して宿題をするのですよ。私は朝鮮語の復習、殿下は戦術の課題です。でもそちらの方が面白そうで、つい兵士の駒を動かしてしまいます。このあいだは山岳地方における私の戦術が、満点をいただいたのですよ」

方子は声をたてて笑った。

「殿下が、あなたは優秀な参謀長になれますね、と誉めてくださいました」

この言葉をいささか複雑な思いで聞いたのは、久邇宮家の噂を耳にしているからだ。

まだ新聞には出ていないが、皇族たちの間ではこの話で持ちきりである。月に一度の皇族たちの勉強会、講話会でも、久邇宮夫妻が欠席したのをいいことに、みな勝手なことを喋べり合う。

そもそもの発端は、学習院の生徒の身体検査であった。ここで久邇宮家の三男、邦英王の色覚異常が発見されたのである。

診断した軍医は、悩んだ揚句このことを軍医学校長に報告した。それから宮中、政界を揺るがす大事件に発展したのである。

「色盲の遺伝子が皇系に入るのは一大事」

と山縣有朋はいきり立った。そして今こそ薩摩閥を徹底的に排除できる、よい機会が出来たとほくそ笑んだというのが、おおかたの皇族たちの推測である。なぜなら皇太子との婚約が決まった良子女王の母、俔子《ちかこ》妃は、島津家の出だからだ。

もともと山縣は、皇族たちに大層嫌われている。維新の後、これ以上皇族が増えないようにと、伊藤博文や山縣は、定めをつくろうとやっきになった。そもそも最初、皇族は一代だけのはずであった。それが天皇のおぼしめしにより、永代となり、数が増えていくばかりだ。それを阻止しようとしたのである。

伊藤博文はもうこの世の人ではないが、山縣は元老として、大きな権力を持っている。伊藤や山縣が長州藩士として戦争に明けくれていた頃、幕末のどさくさで何人かの出家していた皇族が還俗して宮家を建てた。いちばんやっかい者だったのが、久邇宮朝彦親王だ。この方は非常に頭が切れ、孝明天皇のいちの側近になった。さまざまな政争に首をつっ込み、王政復古の後広島に流された。が、その間も女性との間に次々と子どもをつくり、今の久邇宮家、賀陽宮家、梨本宮家、朝香宮家、東久邇宮家の当主も、みんな彼の息子たちである。子だくさんの朝彦親王が、現在の皇族の基盤をつくったといってもいい。

そういういきさつを知っている山縣は、皇族に対してまるで敬意をはらっていない。若い皇族が彼に挨拶しても無視するほどだ。

今の天皇とまるで関係ない、昔坊主だった連中。その彼らが毎年莫大な歳費を使い、贅沢な生活をしていると山縣は考えているのである。

だから今度の久邇宮良子女王の件も、すべて山縣のしわざだと皇族たちは噂している。薩摩の息の根をとめたいために、島津の血をひく良子女王を排除したのではないか。醜聞だらけにして、久邇宮家から婚約を辞退させた後、自分の選び出した娘を皇太子妃に推挙するのだろう、というのが皇族たちから出された指摘である。

五月に行なわれた皇族会議でのこともくすぶっていた。皇族に生まれた男子の、何代あとから臣籍にくだるかという問題で、枢密院と皇族たちはやり合ったのである。すべては山縣のさしがねだと、皇族たちは信じている。

しかし義兄である久邇宮の性格を、他の皇族たちよりも知っている伊都子は、心の中で山縣に同情していた。

これまた漏れ伝わった話であるが、色覚異常問題をつきつけられた久邇宮は、なんと皇后に嘆願書を呈上した。それだけでも、不敬なことで、皇后は大層お怒りになったという。一読してそれを久邇宮にすぐお返しになった。が、久邇宮は全く怯むことなく、山縣にそれの写しを送りつけたというのだから驚くではないか。

久邇宮が、

「もし婚約破棄ということになれば、娘を殺して私も死ぬ」

と言ったという物騒な話も伝わってくる。

そういう態度が、ますます皇后の心を硬化させることになり、御用邸にご機嫌伺いにやってきた久邇宮夫妻を拒まれたということだ。

このままなら皇太子と良子女王の行末はむずかしいのではないかというのが、おおかたの意見である。

もともと伊都子が王世子との縁談を進めたのは、皇太子と良子女王との婚約を聞いたからだ。方子が結婚した後に、皇太子の婚約が白紙になるかもしれないとは皮肉なことである……。

しかし伊都子のもやもやした気分を、すべて吹き飛ばすようなことが起こった。

年があけて節分の頃、方子が母に懐妊を告げたのである。

「夏頃、だそうでございます」

「まあ……」

伊都子は嬉しさのあまり目頭が熱くなった。

おしなべて親子の縁が薄い皇族であるが、外交官のうちに育った伊都子は「家族（ホーム）」というものを大切にしてきた。娘たちひとりひとりに乳母はついているものの、団らんのひと時は家族だけで過ごした。仲のいい母娘だからこそ、孫が出来る喜びはひとしおだ。

そして思いの外早い懐妊である。昨今の久邇宮家のごたごたを見るにつけ、自分はなんといい選択をしたのだろうかと伊都子は晴れやかな気分になる。

七

大正十年は、伊都子《いつこ》にとって大きな不幸と大きな幸せが訪れた年であった。

六月十九日に、鍋島の父、直大《なおひろ》が七十六歳の生涯を終えたのである。

最後の藩主であった直大は、まさに維新のまっただ中に生きた。戊辰戦争を戦った後は、最初の藩知事となり、岩倉具視使節団の一員としてアメリカに渡った。ロンドンでも学んだ父は、最初にヨーロッパを見た日本人の一人である。後に外交官として活躍したのは当然だったろう。サムライの精神を忘れず、最先端の広い知識と見識を持った偉大な父。伊都子はどれほど敬い、慕ってきたことだろうか。

父には亡くなった前妻との間に長女も嫡子もいたし、外腹《そとばら》の子どもも四人いた。しかし子煩悩で家庭を大切にし、伊都子や妹たちを大層可愛がった。

伊都子は自分と性格が似ているとして、ことに目をかけてくれたものだ。

ふつう皇族妃が、実家に行く例はめったになかったのであるが、何かあると伊都子はすぐに馬車を永田町の鍋島邸に走らせた。李王家王世子《おうせいし》との縁談を打ち明けた時も、最初は驚いたものの、

「日朝融合のために、それも一案かもしれぬ」

と言ってくれた父の言葉がなければ、これほど大胆に話を進めていたかわからない。

父のことを思うと、自然に涙が溢れてくる。日ごと大きくなっていく方子《まさこ》の腹を見るたび、

「父上は、どうしてもう少し長生きしてくださらなかったのか」

とつぶやかずにはいられない。そうしたら曾孫の顔を見せてやれたのだ。

直大の死はスペイン風邪が原因とされた。実は前年、伊都子は妾腹の弟と、信子の下の実の妹を、この怖しい流行病いで失なっている。なんと三人の死者を身内から出したのである。

伊都子が悲しみにふけっているうち、またたくまに例年よりも暑い夏がやってきた。臨月の大きなお腹を抱える方子のために、伊都子は製氷会社から、おそろしく高価な氷柱を届けさせた。これを枕元に置いておくだけで、温度がまるで違うのだ。

そして八月十八日、午前二時、待ち受ける伊都子と守正王の元に、男児誕生の知らせが届いた。二人ですぐに王世子邸に向かった。伊都子は三十九歳にして祖母になったのである。

寝台には、取り上げられたばかりの赤ん坊が眠っていた。見れば見るほど、整った顔をしてい

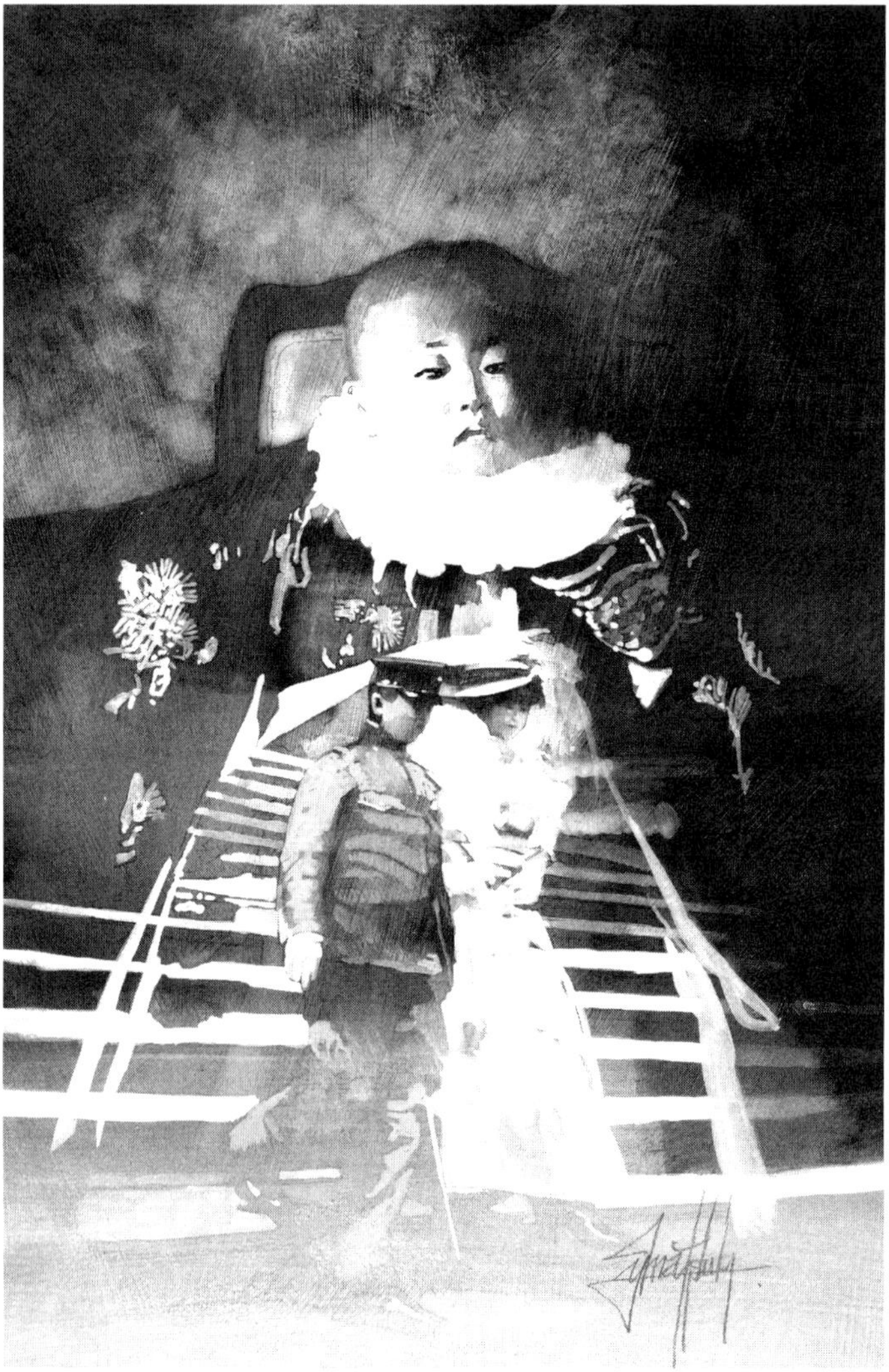

る。目元が方子そっくりで、伊都子は顔がほころんでくる。

なんという手柄を娘は上げたのだろうか。日朝融合を、こうして赤ん坊として形にしたのである。この子は、日本と朝鮮二つの高貴な血をひくのだ。まるで宝石の結晶のような赤ん坊ではなかろうか。

「まあさん、よくおやりになりました。なんとあなたはおえらいのでしょう」

産後の疲れも見せず、半身起き上がっている方子に声をかけずにいられない。自分がかなわなかった「男子出産」を、方子はらくらくと為しおおせたのだ。

方子が朝鮮の王世子と結婚した時、

「子どもが出来ない体なので、日本の皇太子妃候補からはずされ、朝鮮の王子に下げわたされた」

という噂がかなり広まり、伊都子はどれほど口惜しい思いをしたことだろうか。そうした輩に見せてやりたい、この丸々とした元気な赤ん坊を。生まれたてだというのに、鼻筋のとおった赤ん坊を。

王世子も赤ん坊のそばを離れない。眠っているといっては微笑み、泣き出したといっては喜ぶ。肉親の縁に恵まれなかった彼が、初めての子どもを得て、どれほど喜んでいるか、伊都子は手にとるようにわかった。

気がつくと、時計はもう朝の八時をまわっている。皆で六時間も赤ん坊を飽かず眺めていたことになる。

その後、梨本宮家のシトロエンに乗った伊都子は自宅で守正を降ろし、永田町の実家に向かった。父の位牌に男児誕生を報告したのである。手を合わせていると、つくづく安堵がこみ上げてくる。王子が生まれたことによって、朝鮮王家はこれからも存続するのだ。国は日本のものになったとしても、李王が朝鮮の王であることは間違いない。方子は今日、未来の王を産んだのである。

「父上さまのご加護をいただいたのでありましょう。まことに有難うございます」

いつのまにか傍には、栄子《ながこ》も額《ぬか》づいている。栄子もこれまた若く美しい曾祖母だ。

この後、再び守正と共に王世子邸に向かい、初孫の顔をゆっくりと二人して眺めた。舅や姑がいるなら到底出来ないことであるが、使用人だけの王世子邸は、伊都子も好きなようにふるまえる娘の家なのである。

その後いったん帰ったものの、方子と赤ん坊が気になって仕方ない。重箱に方子の好物を詰め、アイスクリームや西洋菓子と一緒に届けさせた。製氷会社にも、氷柱の追加を頼んでおく。

お七夜に赤ん坊に名前がついた。伊都子は大満足である。

「日本語名でも違和感がないもの」

という自分の意見がとおり、赤ん坊は晋《チン》と命名された。が、伊都子はこう呼ぶつもりはまるでない。

「シンちゃん、シンちゃん」

と声をかけて、朝鮮人の職員たちに、陰で嫌な顔をされている。

その代わり伊都子は、お祝いをたっぷりはずんだ。「晋《しん》ちゃん」には鮮魚と白羽二重の反物、そして王世子家の職員全員に、金一封を贈ったのである。

氷柱の方も、毎日二本届けさせている。


本当に晋は可愛らしかった。伊都子は一日おきに王世子邸に通う。時々は栄子や、学習院に通う娘の規子《のりこ》を連れていくこともある。

三ヶ月を過ぎると、身内だということがわかるのか、抱っこするとにこっと笑うようになった。裁縫の得意な栄子は、晋のために産着を何枚もこしらえてくれる。前妻の子どもたちのほうにはいても、栄子にとっては初めての血のつながった曾孫なのだ。

晋のために乳母や、若い侍女も増やして、王世子邸はいっきににぎやかになった。子ども部屋からは、若い女性たちのあやす声やわらい声がたえず聞こえてくる。最近はそれに王世子の、

「こっちを向いてくださーい」

というやさしい命令も加わる。

写真は昔からの王世子の趣味で、ライカでよく方子を撮影していた。それに加え、わが子の誕生に合わせて、アメリカからベル&ハウエルの十六ミリ撮影機をとり寄せていたのである。家二軒分ほどの高価な機械で、王世子は声をたてて笑うようになった王子を飽かず撮る。その傍には

李鍵《イゴン》が立つようになった。彼の父は、王世子の兄にあたる李堈《イガン》だ。皇太子の座が、二十歳年下の弟、李垠《イウン》に渡ったことで、李堈は反逆的な態度をとるようになった。日本に対する反逆をあらわにするので、本国では英雄的な存在である。しかし奔放な生活でも知られ、何度かの結婚を繰り返し、妓生《キーセン》との噂もたえない。李鍵はその長男である。美男子の誉高い父親の容貌をそのまま受け継いでいるが、性格ははるかに温和だ。若い叔父を頼り、陸軍幼年学校に入学してからというものよくこの王世子邸を訪れている。

「王世子殿下、そんなに何度も何度も、こっちを向いてーとやられると、晋さまが疲れておしまいになりますよ」

朝鮮語でからかった。王世子もそれに応える。やはり祖国の言葉で語り合うのは楽しそうだ。それを横目に見ながら、伊都子は方子と共に居間に入った。座るやいなや、さっそく包みを開ける。細かいスモッキング刺繍で胸を飾った子ども服が出てきた。

「この頃銀座の伊勢與《いせよ》商店に、いいものが入るようになりました。これはイギリスのものだけれど、ごらんなさい。この刺繍の凝っていること……ヨーロッパで、子どもを大切にすることといったら、日本の比ではありませんよ。私が宮さまと一緒に、ロンドンに行った時は……」

それは伊都子が目にした、一部の上流階級の姿である。朝ハイド・パークを散歩すると、ナニーが乳母車を押してくる。その傍に日傘をさした母親が一緒に歩いていた。どの子どもも、バラ色の頬をして、見たことがないほど愛らしい服を着ていたものだ。特にスモッキング刺繍は、手先が器用な伊都子の目をひいた。子ども服に贅沢なレースをふんだんに使っているのも驚くばかりだ。日本の皇族の子どもたちも、輸入品の西洋服を着せられることがあったが、専ら写真撮影のためで、ふだんは木綿の着物ということになる。

伊都子はそれが気にいらず、ふだんでも着られる愛らしい子ども服を手に入れたのだ。

「ごらんなさい。なんてかわいらしい。来年の夏には晋ちゃんがこれを着られて、あんよをなさることだろう」

その時伊都子は、方子の顔色がすぐれないことに気づいた。出産以来、輝やくようだった白い肌も、寝不足のためにくすんでいる。

方子はゆっくりと語り出した。朝鮮の王室から、こちらできちんと伝統にのっとった結婚式をとり行なうように。その際、二十九代王になる、晋殿下を連れてくるようにと、このところたび重なる催促があるというのだ。

「それはとんでもないことですよ」

伊都子は血相を変えた。

「あそこはまだ、衛生状態が不十分だというではありませんか。そんなところに晋ちゃんをお連れして、何かあったらどうするのですか」

「それはわかっているのですが……」

方子は目を伏せしばらく考えていたが、やがていっきに語り出す。

「私には殿下のお気持ちが手にとるようにわかるのです。こちらですべて日本式の婚儀を挙げたことを、あちらの方々は快く思っていらっしゃらないのです。王世子殿下ならば、王を継ぐ方ならば、こちらできちんと式を挙げ、国民の皆に祝ってもらわなくてはと考えていらっしゃるのですよ。おたあさまもご存知のように、李太王さまが亡くなられてから、あちらは物騒なことになっております。日本から独立をするのだと、学生や農民が立ち上がったのだとか。殿下が教えてくださいます。

殿下は朝鮮の民が、後先のことをよく考えずに、ことを起こすのは、将来のためにならないと、とても悩んでおいでです。そういう空気をなだめるためにも、私どもが一度朝鮮に帰り、きちんと式を挙げた方がいい。あなたさえよければ、なんとか一緒に行ってくれませんかと、殿下はこの私にお頼みになられたのです。どんなにおつらいことか……」

打ち明けた後、細い指で目頭をおさえる。

「もうこれ以上、結婚報告を遅らせるわけにはいきません。殿下と私は、朝鮮の人々の前に立たなくてはならないのです……」

「それはいいとして、絶対に晋ちゃんを連れていってはいけませんよ」

伊都子は一瞬あたりを見渡し、首を横に振った。

「私のところでお預りします。あなたと王世子殿下と二人だけで朝鮮へお行きなさい」

「それは出来ないのですよ、おたあさま。王室の方々は、未来の王をどうしても見たいとおっしゃっておいでなのです。私たちだけで行ったら、まるであちらを信用していないようではありませんか……」

「誰が信用するものか……」

思わず低い声が出た。

「李太王さまがみまかられて、私は初めて知りました。朝鮮王室は、毒殺に次ぐ毒殺、というところなのですよ。あなたも殿下の兄上、純宗《スンジョン》陛下の歯をご覧になっただろう。あれは毒を飲まされて死にかかったことがおありだったのでしょう。他にも殿下の兄上で、毒で亡くなった方がいらっしゃるとも聞いています。そんなところに、どうして晋ちゃんを連れていけるでしょうか」

「おたあさま……」

方子はまじまじと母を見つめた。李太王の死について、毒殺という噂を告げたところ、

「王世子妃となる者がうかつなことを言ってはいけない」

とたしなめたのは、この母ではなかったかとその目は語っている。

「いいですね、晋ちゃんは決してお連れになってはいけませんよ」

「それがもう遅いかもしれません」

たえきれず方子は嗚咽を漏らした。

「昨夜、殿下が本国に正式にお返事したのです。妃と王子と一緒だと。あちらの方々は大喜びだったということです」

「ああ……」

伊都子は深いため息をもらした。

「私がついていければいいものを……。まあさん、よくお聞き。決して気を緩めてはなりません。乳母と侍女はみんな連れていきなさい。そしてあちらの女たちに、晋さまを触れさせてはいけません。あなたはおやさしい、おやさしいからこんなことになってしまった。きっとあちらの方々は歓迎してくださることでしょう。しかしくれぐれも気を緩めてはなりませんよ。あちらの女に用心しなさい。私はあなたと晋ちゃんのご無事を、ずっと神仏に祈っていますよ」


大正十一年四月二十三日。王世子と方子、そして八ヶ月の晋は東京駅を発った。特急列車に乗った三人は、この後、京都で二泊した後、下関から京城に向かうのだ。

「妃殿下、どうぞお気をつけて」

前夜、王世子邸を去る時、万感の思いを込めて伊都子は声をかけた。

やがて願いが通じたのであろうか、知り合いの新聞記者から、伊都子は王世子たちの様子を電文で知ることが出来た。

それによると京城に到着した王世子と方子は、数千の市民の熱狂的な歓迎を受けた。年寄りの中には、王世子を見て嬉しさのあまり号泣する者も多かったという。二十八日、日本では朝見の儀にあたる覲見式《きんけんしき》もつつがなく終わり、朝鮮の伝統的な衣裳に冠をつけた方子の姿は、美しく威厳があり、王族のすべてが感じ入ったというのである。

「何とかこのまま……、このまま無事に帰ってきておくれ」

伊都子は朝晩祈る。今は亡き父、直大にも語りかけた。

「どうか、無事にお三方が、日本に帰ってこられますように……」

嫌な予感がして仕方ない。あの京城の宮殿で、今から二十七年前、殺戮が行なわれた。無惨にも殺されたのは、前国王の王妃である。そして殺したのは日本人で、その首謀者が建てた屋敷で方子は生まれたのだ。この奇妙な符合を、まだ方子には話していない。どうぞ、これが単なる偶然でありますように、何の災いももたらしませんようにと、伊都子は祈らずにはいられなかった。

そして明日京城を出発するという五月八日、伊都子は一通の電報を受け取った。晋が発熱して明日の出発をとりやめるというのだ。

そして次の電報。「晋殿下、その後の容体はあまりおもしろからざれども、体温も三十八度前後にて」

呪詛の言葉のように、電報は次々と届く。

「今朝がた非常に衰弱した。お熱は三十八度九分」

「午後二時、容体危篤に落入たり」

そして最後の電報。

「午後三時十二分、薨去《こうきょ》せられたり」

ああと伊都子は絶望の声をあげ、そのまま長椅子にくずれ落ちた。

晋の死は、牛乳による消化不良ということになったが、それを信じる者は誰もいない。

方子の憔悴ぶりは、端で見ていてもつらいほどで、後を追うのではないかと伊都子は心配したほどだ。

帰国してから部屋に籠もり、誰とも会わなかった方子は、母にだけは心のうちをさらけ出す。

「晋ちゃんは、日本人の血が混じっているということで殺されたのですよ。それならばなぜ、私も殺してはくれなかったんでしょうか。晋ちゃんには、何の罪もなかったのですよ」

母の前でだけは泣き続け、そして朝鮮の人々への恨みの言葉を口にした。

「おたあさま、私が愚かでございました。王宮の人たちはみんな親切で、よい方ばかりと思っておりました。あちらの侍女たちは、なんという可愛い王子さまと、取り合いをしたほどです。晋ちゃんも喜んでキャッキャッと笑って、それで私はすっかり油断してしまったのです。あの最後の夜、私たちがお別れの晩餐会に出かけている間に、誰かが毒を盛ったのです……。ああ、私が愚かでございました。いくら策略に長けた人たちでも、まさかこんな可愛い赤ん坊を殺しはしないだろうと、そんなことを考えた私は、なんというかつな母親だったのでしょう。私は晋ちゃんに、いくら謝っても謝っても、とても足りません……」

娘のあまりの苦しみように、

「離別してもよろしいのですよ」

という言葉を口にしそうになった。

伊都子はすばやく思いをめぐらす。果して離婚した皇族がいただろうか。明治の時代にいたはずである。ましてや長年別居している皇族は何人もいたし、方子もそうした一人になればよいのではないか。夫婦の形だけは維持し、独りで暮らすことはいくらでも出来る。

しかしそれを提案することにためらいがあった。泣いて嫌がる娘に「日朝融和」と説いて、無理やり承諾させた経緯がある。もし「離別せよ」と言うならば、自分は謝罪しなければならないだろう。

謝罪。皇族妃である自分が、娘に対して謝罪をする。自分の行為を否定するなどというのは、とても耐えられないことに違いない。

逡巡する伊都子に、きっぱりと言ったのは方子である。

「殿下もとても苦しんでおいでです。そして私にすまないことをしたと、泣いて頭を下げられたのです」

「まあ……」

「自分が無理やり一緒に朝鮮への帰国を願わなければ、晋ちゃんは亡くなることはなかったと。殿下は私におっしゃったことがあります。自分は日本人なのか、朝鮮人なのか、自分でもわからない時がある。朝鮮人としての誇りや義を通そうとすると、あなたにとても迷惑をかけてしまう。

あなたがそれを耐えられないと言うのならば、私のもとを去ってもいいのですよと……」

そこでひと息ついた。

「けれどもどうしてそんなことが出来るでしょうか。私以外に殿下をお慰めし、お救いする者はいないのですから」

そうですとも、と伊都子は答え、すべてがうやむやになってしまった。

しかしその後も、方子は何度も自分を失ないかけた。ようやく手さぐりで進み出したのは、伯母前田朗子《さえこ》に勧められて写経を始めた頃からだ。伊都子が王世子邸を訪ねると、日本間に正座して墨をする方子がいた。その様子は母をも受けつけない厳しさに溢れていて、声をかけることが出来なかった。

大正十一年六月二十日、晋の死から一ヶ月後、久邇宮良子《ながこ》女王にようやく結婚の勅許が下った。山縣有朋の完敗ということになる。が、祝いの声も喪中の家には届かない。

次の年の春、方子は懐妊の兆候を見たが、すぐに流産ということになった。しかしこのことは伊都子に、かすかな希望をもたらす。ひとつは方子がまだ健康な若い女で、いくらでも子どもが出来ると確信出来たこと。もうひとつは、王世子との夫婦関係が修復したことだ。

九月になって最初の日、そう暑くもなく、窓からは涼しい風が入ってくる。昼近く守正と規子と三人で食堂に入り、ちょうど箸をとろうとした時だ。地響きのような音がして床が揺れた。逃げようとしたが、床が左右に激しく動くので歩くことも出来ない。

這うようにしてうちから出て、欅の大木の下に集った。

余震が続く中、守正は摂政であられる裕仁殿下の安否を確かめるため、赤坂離宮に出かけていった。渋谷の梨本宮邸には親戚の者たちが次々と避難してくる。まずやってきたのは、松平恒雄夫妻と、長女の節子である。恒雄の妻は、伊都子の妹の信子だ。外交官夫人として日頃たしなみのいい信子であるが、この日ばかりは髪が乱れ、夏服にコートというありさまであった。

ありあわせのもので手早く夕食をすませた頃、下町の方から火の手があがったという知らせが届いた。銀座も火の海だという。しかし渋谷のこのあたりは大丈夫であろうと伊都子は腹を決める。この屋敷は頑丈なつくりで、本館の方は瓦一枚落ちていないのだ。伊都子は男たちに命じて、庭のいちばん安全な竹林の中にテントを張った。その中に布団を敷き、とにかく眠れるようにしたのだ。

十六歳の規子と、ふたつ年下の節子はひとつの布団にくるまり、ぐっすりと眠ってしまった。しかし伊都子は緊張の中にいる。屋敷の広い敷地の中に、多くの避難民が入り込んできているのだ。追い出すわけにもいかず、暴徒化しないとも限らない。そのうちに近衛兵の一団がやってきてくれ、やっとひと息ついた。

その次の日、王世子と方子が避難してきた。テントに迎え、王世子家のキャデラックと梨本宮家のシトロエンを往復させ、出来る限りの荷物を運んだ。何が起こるかわからない。

この時、伊都子は衝撃的なことを耳にした。永田町の実家が焼け落ちたというのだ。明治天皇も行幸された、二万坪に建つ荘厳な邸である。家族は松濤の別邸に移って無事だということだが、あまりのことに伊都子は声も出ない。

夜になって守正が息せききって帰ってきた。今、三軒茶屋のあたりに、朝鮮人の暴徒が二、三百人いてこちらにやってくるという。兵隊十二人、憲兵三人が邸内のあたりを固めた。

やがてさらに怖しい噂が入ってくる。この震災をきっかけに、朝鮮人が暴動を起こしたというのだ。彼らは火をつけ、井戸に毒を投げ込みながら、こちらに進んでくると、あたりは騒然となった。伊都子は宝石と着替えを鞄に詰め、すぐに逃げられる用意をした。松平恒雄は護身用のピストルを片手に、あたりを警戒し始める。屋敷のまわりでは、朝鮮人が逃げ込んだ、いや、あちらに逃げた、という声がして、時折小銃の音も聞こえる。

怖しいことは怖しいが、心を静めるために伊都子は、スケッチを描き、日記を書き始める。日記帳はちゃんとテントの中に持ってきていた。

守正も伊都子も気づいていない。テントに保護している大切な婿殿と、彼らが同じ民族だということをだ。いや、伊都子は気づいていた。しかしそれが何だろう。被害者になるかもしれぬ高貴な人間と、加害者の人間とは、全くの別の人種なのである。だからそのことに矛盾や苦しみをまるで感じたりはしない。

八

大地震によって、首都は壊滅したと言われたが、それでも日にちがたつうちに、少しずつ復興の兆しが見え始めた。一週間後には市電も通るようになり、宮内省から物資が届けられた。

伊都子《いつこ》はこの最中にも、決して欠かすことがなかった日記に記す。

「ブリ半尾・キャラメル五・チョコレート板十二・罐詰数個来る。一同にわけてやる」

十日には宮内省の内匠《たくみ》がやってきて、邸の破損したところを修理してくれた。旧館の御殿はびくともしなかったのに比べ、新館は雪崩のように瓦が落ちてきたのである。永田町の実家は焼け落ちたが、身内に怪我人もなく伊都子は胸を撫でおろす。王世子《おうせいし》夫妻はいったん邸に戻ったものの、身の危険を感じて宮城《きゆうじよう》の中のテントに身を寄せた。朝鮮人の虐殺が始まったようなのである。

まさか、と伊都子はつぶやいた。王世子と朝鮮人の暴漢とを一緒にする者がいるとは思えなかったからだ。しかし王世子は、日本人のただならぬ空気を感じたに違いない。避難していた梨本宮邸から、身のまわりのものを持って出ていったのである。

そもそも朝鮮人暴動など、全くの虚言だったのだ。

「追々考へてみると、朝鮮人の暴徒は全くうそにて」

「皆悪るい心はなく思ひちがひのためひどい目に会ったものもあり」

伊都子は無邪気に日記に書いたが、その〝思い違い〟のために、数百人もの朝鮮人が殺されたことは知らない。

十日も過ぎると、伊都子は積極的に活動し始める。割りあてられた二十枚の浴衣を縫い、慰問のために帝大病院など三ヶ所をまわった。しかし皇族の中にも犠牲者が出た。山階宮妃、東久邇宮第二王子、閑院宮第四王女が、大地震によって命を失っているのだ。みんな由比ヶ浜、藤沢、小田原といった別邸で、家屋の下敷きとなった。大きな揺れに、木造の家屋はひとたまりもなかったのである。

自分たちも大磯にいたらと思いぞっとした。今年は避暑を早めに切り上げたことで、命拾いしたのである。


大きな破壊から、少しずつ多くのものが復興した。しかしそれは以前のものではない。震災前には確かに存在していた規律というものが、ゆるやかになり、中には消えたものさえある。

帝劇が再開すると、伊都子もしばしば訪れるようになった。王世子夫妻や娘の規子《のりこ》も一緒である。以前だと、皇族が許された娯楽ではない。

帝劇の帰りに、木村屋に寄ってあんぱんを買うこともある。新しもの好きで凝り性の伊都子は、ひとつのものに入れ揚げる癖があった。すぐに夢中になる。

あんぱんを最初に食べた時は驚いた。パンという西洋の食べものの中に、和菓子と同じ餡が入っているのである。

「なんという発明であろうか」

最初は使用人たちの土産にしたが、大好評だったため鍋島の実家にも持っていった。最近は皇居に仕える女官たちのために、二百五十個届けさせた。

皇居は皇太子裕仁親王のご婚儀を終え、さぞかし多忙だったろうとねぎらったのである。

大震災の次の年が明けるやいなや、皇太子と久邇宮良子《ながこ》女王との結婚の儀が行なわれた。色覚異常問題が解決したと思ったら、大きな地震により婚儀は延期されていたのである。良子女王は二十歳となっていた。高貴な女性としてはやや年がいっている。

しかし五月の二重橋前での祝賀に現れた白い洋装の良子女王は、気品に満ちて大層美しかった。来賓三千人の最前列に皇族たちは整列する。後ろには群衆が集まり、

「皇太子殿下、妃殿下万歳ー！」

という声があがる。それに時おり良子妃は笑顔で応える。すると群衆はまた熱狂に包まれた。

「ここに方子《まさこ》が立っていてもよかったのではないだろうか」

その考えがふとよぎった。が、それはすぐに打ち消す。後悔というのは、いちばん恥ずべきものので、それが羨望につながる時はなおさらのことだ。

同じ年の秋に突然規子の縁談が持ち込まれた。

相手は山階宮武彦王である。武彦王は、昨年の大震災で、佐紀子妃を亡くしたばかりであった。二十歳の妃は、初めての子どもを懐妊中に、由比ヶ浜の別邸で家の下敷きになったのである。規子は学習院に通う十七歳だ。今婚約をしたとしても準備に二、三年はかかる。決して早過ぎることはない。

しかし武彦王とは九歳の年の差があった。おまけに親の目から見ても、規子は皇族妃にふさわしいとは思えなかった。

しんが強く穏やかな方子と違い、やんちゃな次女気質である。勉強が嫌いで、学習院の通知簿に「丙」という文字を見つけた時、伊都子は思わず目眩《めまい》がしそうになった。両親ともしょっちゅう喧嘩をする。先日は父と新聞を取り合った結果、びりっと破いて大層叱られた。命じられて泣きながら貼り合わせていた娘の姿が浮かぶ。

「とても山階宮にあがるような娘ではございません。それに私も手術をしたばかりですし」

卵巣嚢腫で入院していたのは、つい最近のことである。

それでも山階宮家は諦めない。女主人がいないことには家政がいきとどかないというのである。この話に伊都子はあまり乗り気にならなかった。山階宮は幕末に、伏見宮晃《あきら》親王が還俗して創始した宮家だ。

再婚であり良縁とは思えなかったのであるが、一応は規子に話してみる。どう考えても、親の言う通りにおとなしく嫁ぐ娘とは思えなかったからだ。方子の時と比べ、伊都子も世の中もはるかに民主的というものになっていた。

ところが意外なことに、

「『空の宮さま』ですね。私、まいります」

と言うではないか。

「おたあさまも私も飛行機が大好きですもの、きっとお話が合うと思います」

そんな見方があるのかと驚きだった。

山階宮武彦王は、学習院から海軍兵学校を経て、今は海軍中尉である。横須賀海軍航空隊に入り、自分で操縦桿を握ることで有名だ。

やや間延びしているものの、皇族特有の端整な顔立ちである。外見に似合わず、有名な飛行機乗りであった。「空の宮さま」という愛称もつけられているほどだ。

思えば飛行機こそずっと伊都子の心をとらえてはなさないものである。幼ない規子を連れて、米飛行家スミスの曲芸飛行や、代々木練兵場へ実物を近くに見に行ったこともある。家には飛行経路の地図も置いてあった。

規子は、自分の血をひいていつのまにか大の飛行機好きになっていたようなのだ。

「そうはいっても、あれほど年も違うし、妃殿下も亡くなられたばかりではないか」

観桜会や皇族講話会で、たびたび顔を合わせた佐紀子妃を思い出す。賀陽宮の王女でもあったから、少女の頃から知っていた。楚々とした愛らしい妃と武彦王とは、大層仲睦まじかったと聞いている。身重の妃殿下の亡きがらを見て、王は大変な衝撃を受けたという。それが一年あまりで再婚とはと、嫌な予感がした。

しかし山階宮家からは、やいのやいのの催促である。年が明けて承諾したとたん、あっという間に勅許が下り、新聞発表がなされた。

気がすすまないものの、結婚準備をしないわけにはいかない。さっそく御木本《みきもと》を呼び、ティアラをはじめとする宝飾品を注文した。三越と高島屋を呼んで、ことこまかに打ち合わせをする。三越の洋装部では、最近かなり満足がいくローブデコルテをつくるようになっている。伊都子はティアラをつけ、正装した規子を思い浮かべようとしたがうまくいかなかった。まだ子どものやんちゃな娘なのである。

山階宮家はかなり厳格な家風で知られていた。武彦王の母は、九条家の出身で節子《さだこ》皇后の姉にあたる。海外経験がある父と、大名家出身の母との、ハイカラでどちらかというと大らかな梨本宮家とはかなり違うはずであった。

屋敷でもそれはわかる。洋館の梨本宮邸にひきかえ、麴町区富士見町の山階宮邸は、古い寺院のようなつくりである。皇族講話会という時事勉強会はまわりもちで行なわれるが、山階宮邸の時は、食事も酒も質素だと有名であった……。

考えれば考えるほど、この縁談に気が進まなくなってくる。

そんなある日、山階宮家から使いの者がやってきた。妃殿下が亡くなられてから、ずっと体調がすぐれなかった武彦王は、神奈川県二宮で静養をしている。

「規子女王さまにぜひおいでいただきたいと。式を前に、おめにかかっていろいろお話をしたいということでございます」

邸に来いというのならわかるが、避寒しているところに呼びつけるのは合点がいかない。よほど体調がすぐれないのか、ともかく規子を連れて出かけることにした。

しかし現れたのは着流し姿の武彦王である。規子に振袖の正装をさせてきたこちらとしては、腹が立つより呆れてしまった。妃殿下の葬儀は震災の混乱の最中だったので、供物を送っただけだ。あらためて悔やみの言葉を口にすると、

「はあ……、その……まあ」

と、全く要領を得ない返事が返ってきた。

「殿下はいつまでこちらにいらっしゃいますの。東京も元通りとはまいりませんが、銀座あたりはだいぶ賑やかになりました」

相手が応えないので、伊都子はこんな話題をもちかける。

このところ婦人雑誌の盛んなことといったらない。「婦人画報」「婦女界」といったものが震災から息を吹き返したばかりでなく、さらに広範な読者を得るようになった。彼らがグラビアに欲しがるのは、女優や女学者などではなく、上流社会の美しい女たちである。何年か前までは、柳原白蓮や九条武子などであったが、今や伊都子がひっぱりだこである。家の中でビリヤードをし

たり、編み物をしたりする写真を皆が欲しがる。

この一連のスターの座に、なぜか規子が加わろうとしていた。山階宮家に嫁ぐことが決まってからというもの、記者たちは規子をつけ狙うようになった。

「先日は丸ビルの伊東屋に行きましたら、跡をつけてきた記者がおりました。そういうことをされると気味悪うございましたので、『婦人画報』の取材を許しましたの。もうじき規さんの絵を描いているところや、テニスをしているところが載ることになりましょう」

婚約者なら微笑ましくなるようなエピソードであるが、武彦王は全く表情を変えない。「はあ……」と言ったきりである。

よく見ると、いや、すぐに気づいたことであるが、武彦王の目は焦点が合っていない。本来なら規子にぴたりと合わさるべきであるが、宙をさまよっている。品のいい面長の顔は頬がそげていて、あきらかに正常ではなかった。

早々に伊都子は帰り仕度を始めた。そして車に乗り込む前に、山階宮家の職員に抗議した。

「宮さまはまだお加減がよろしくないのではないか。このまま話を進めて本当によいのか」

「ごもっともでございます」

真冬だというのに、彼の額からは汗が噴き出している。

「武彦王さまにおかれましては、妃殿下の突然のご薨去から、確かに体調が思わしくございません。ですが規子女王殿下とのご婚儀に向けて、このようにご静養に励んでいらっしゃるところでございます。今日は規子女王殿下に励ましをいただきたいと、こうしてお呼び申し上げたところでございました。どうかお気持ちをお汲みとりいただければ……」

が、すっかり腹を立てた伊都子は、邸に戻ってから夫に訴える。

「おかしいとお思いになりませんか。二宮などというところに呼びつけて、ご返事といえば、はあ……とその……ばかりでございますよ」

ふうーむと守正は深いため息をもらした。

「武彦王は、民間の操縦士育成のための練習所を、もうじき始められると聞いている。そのように精神を病んでおられるといってもいっときのことで、すぐにお元気になられるのではないだろうか」

しばらく様子を見るようにと締めくくった。

しかし十五年の正月が過ぎても、山階宮家からは何の連絡もない。伊都子のいらだちは増すばかりだ。京都からは注文した呉服が次々と届く。皇族の妃殿下となれば、式服は何枚も必要であったし、普段のしゃれ着も恥ずかしいものは着せられない。嫁いでから十年は困らないように、老舗の店で足袋も何百足と誂えた。

早く婚儀の日を決めなくては。しかし女の方から催促するのもいかがなものかと、あれこれ考えているうちに、山階宮家から使いの者がやってきた。

「武彦王はご不例ゆえ、しばらくの間ご静養のため転地いたします」

転地というのは、あの二宮の別邸にしばらくいるということなのだろうか。それだったら時々は規子とご機嫌うかがいに行かなくてはならないか。

心を宥《なだ》めて次の沙汰を待っていても手紙ひとつ、電話一本ない。

伊都子は夫からこっそりとささやかれている。

「葉山の方は夏を越せるかどうか……。祝いごとは一日も早くした方がよいだろう」

葉山の方というのは、いうまでもなく葉山御用邸のことで、ここでずっと天皇はご療養に入られている。皇后がつきっきりで看病されているため、情報がまるで入ってこないのであるが、ごく近しい皇族たちには、ひそひそとさまざまなことが伝わってくるのである。

一日も早く祝いごとをと、いちばん願っているのは自分と娘の規子であるが、相手の武彦王から全く何の連絡もないのである。

七月になってから、ようやく山階宮家令から電話がかかってきた。おめにかかってお話ししたいことがあるというのだ。

やってくる前から、話の内容は見当がついていたといってもいい。しかし実際に聞くと憤りのあまり体が震えてくる。

「武彦王殿下の体調は思わしくなく、とてもご結婚は無理と、医師からも言われております。まだお若い規子女王殿下をこれ以上お待たせすることは、まことに申しわけないことと……」

「お黙りなさい」

伊都子は声を荒げた。

「やいのやいのと催促をしてきたのはそちらではありませんか。こちらはまだ娘は若く、とても皇族妃はつとまらないと何度も申し上げていたはずですよ。それなのに、それでもいいと……」

あやうく口惜し涙がこぼれそうになったのであるが、家令ごときにそんなものを見せてたまるかと歯を喰いしばる。

夫の守正は一言も発さず、最後に、

「武彦王の一日も早いご回復を祈っています」

とだけ告げた。二人きりになり、しばらく沈黙があった。それを破ったのは、

「こんなことってあるでしょうか！」

伊都子は皇族妃がしてはならぬ癇癪を起こした。

「婚約から二年も待たせた揚句がこれですか！　うちではもう、準備を済ませていたのですよ。花嫁道具はどうなります。ああ、すべて焼き捨ててしまいたい！」

「黙りなさい」

守正は妻を制した。おそらく武彦王の精神疾患については、妻よりも詳しく知っていたに違いない。

「おそらく武彦王は、すぐにご回復されるとご自分でも信じていらしたのだろう。それで手をお尽くしになったが、やはり駄目だったのだ」

「武彦王は軍人でいらっしゃいますよ。戦場にも向かわれるはずです。そのお方が、亡くなった妃殿下のお姿を見られたからといって、何年も気がふれるというのは情けないではありませんか……」

恨みは尽きないが、肝心の規子に伝えるべきだろうと考えた。居間に入ってきた規子は、紺色のワンピースを着ている。この頃めきめきと綺麗になった。パリ帰りのマリールイズの化粧品を使い、丸の内の山野美容院で洋髪を整えている。最近は公務も増え、展覧会のテープカットや見学に行くたびに、新聞記事になった。もうじき山階宮妃殿下になる、若くお美しい規子女王という見出しである。それはやがて、同情と臆測に満ちたものに変わるだろう。

「規さん」

わざとそっけなく言った。

「今、山階宮さまからお使いが来ました。武彦王はもはやご回復の兆しがないということで、あなたとのお話はないこととなりました。あなたも心して、余計なことは口になさらないように」

「わかりました……」

規子は黙って頭を下げたが、その目がうるんでいることに伊都子は気づき、自分の涙も止まらなくなった。

怒りのあまり、伊都子の体は異常をきたした。眠れなくなったうえに、突然滂沱の涙が出てくる。自分でも制することが出来ない。

「このままでは、こちらの方がどこかの宮さまのようになってしまう」

懇意にしている教授に診てもらったところ、中年の女性特有の体と精神の変調だという。転地療法を勧められ、大磯の別邸ですごすことにした。毎日海岸を散歩するのだが心が晴れない。いけない、と言われても嫌なことばかり思い出してしまう。十年前、この別邸で、自分の婚約の新聞記事を目にした方子は、わっと泣き出したのだ。そして自分の部屋に入ったきり出てこなかったのである。

そして今度は規子の涙だ。

「どうしてわが家だけ、こんなめにあうのだろうか」

嘆かずにはいられない。娘二人を少しでもよい条件のところへ嫁がせようと思った結果がこうだ。幸いなことに方子と王世子との夫婦仲はとてもよいが、初めての子どもは不幸な死を遂げた。まだ方子には晴れやかな顔が戻らず、自分が芝居や音楽会に連れ出している。

規子のことはどうしたらいいのだろうか。婚約破談のことは、世間でも大きな話題にされ、規子は別の意味で〝傷もの〟にされてしまうかもしれないのである。

もはや皇族に嫁ぐことは無理であろう。そうでなくても、宮家の若い王子たちは払底している。それならば華族の中に誰かいるだろうか……気づくと伊都子は「華族名鑑」を拡げていた。

明治二年の太政官達によりつくられた華族は、今や千の家を越している。歴然とした格差があり、最初の華族は公卿と大名であったのに、いつのまにか家老級にも爵位が授与され、最近では男爵、子爵というものの、平民の経済人たちも華族の列に加わるようになったのだ。

当然のことながら貧しい華族も増えてきて、鍋島の母栄子《ながこ》の実家、広橋家などその最たるものだろう。明治四十三年栄子の兄、当主の賢光《まさみつ》が亡くなった時は、どうにも身動きがとれなくなり、伊都子は百円という多額の香典を包んだものである。

「広橋家……」

ページをめくる伊都子の手が止まった。

母の栄子の言葉が甦える。栄子は実家のことをたえず気にかけ、季節にことよせて使いをやっているのだ。

「長男の真光《ただみつ》さんが立派にならはって、これで私もひと安心やわ、真光さんは東京帝大を来年卒業しはって、内務省にお勤めするらしいわ」

広橋真光。屋敷もないために叔父のところに同居している。広橋は藤原北家の流れで、文筆を道とする名家であるがまるで金はない。しかし伯爵の爵位と未来はあった。

「そうだ、広橋がいたではないか」

伊都子は自分の思いつきの素晴らしさに、思わずああと声をあげた。

広橋家が否と言うはずはない。父親もいない官吏の長男に、皇族の女王が嫁いでくるのである。規子の月々の化粧料をはずんでやれば、貧しく若い官僚の生活にはならないはずだ。

伊都子はたちまち、頭の上の霧が晴れていくのを感じた。

こうなったからには、今日にでも東京に帰ろう。まず母の栄子に相談をする。そして広橋家の家令の誰かを呼びつける。急がなくてはならない。破談の汚名を消し去るためには、一日も早く結婚させなくては。

伊都子の体中に、たちまち活力がみなぎった。

「車の用意を」。声がはずんでいる。

九

梨本宮家の次女、規子《のりこ》女王と広橋真光《ただみつ》伯爵との婚儀は、大正十五年十二月二日にとり行なわれた。

山階宮家から破談を言い渡されたのが七月であったから、わずか五ヶ月後の早技ということになる。

我ながらよくやったものだと伊都子《いつこ》は思う。婚儀までほとんど間を置かなかったことから、規子にさほどの醜聞は立たずに済んだのである。

実のことを言うと、ある事件によって伊都子は大きな教訓を得ていたのである。

それは二年前、皇太子と久邇宮良子《ながこ》女王との婚儀が行なわれた直後である。皇族、華族だけではなく、多くの政治家まで巻き込む大事件が発生した。

　皇太子妃の兄にあたる、久邇宮家の嫡男、朝融王《あさあきら》が、酒井伯爵家の娘、菊子との婚約を破棄したいと言い出したのである。これには皇族の面々も宮内省の者たちも仰天した。長年にわたって良子女王との婚約をめぐり、さんざん問題を起こした久邇宮家である。あのとき当主の邦彦王《くによし》は、

「綸言汗のごとし」

と言い張り、良子と裕仁皇太子の婚約を絶対に破棄せぬよう皇后に直接訴えた。そして最後には、

「婚約を破棄された場合には、娘を殺して自分も死ぬ」

とまで言ったのである。その彼らが、今度は被害者から一転して加害者の側に回ったのだ。菊子の貞操に問題がある、いや、そんなものは言いがかりだと、姫路藩の元藩士たちまで出てきて、宮内省では一時、朝融王の臣籍降下を求める声さえあったほどだ。

　結局は酒井家の方から辞退ということで結着をみたのであるが、ここで近しい者たちが奔走して、菊子の新たな婚約話を決めた。相手は前田利為《としなり》侯爵である。なんと婚約解消発表から三ヶ月足らずで内輪の結婚式が行なわれた。前田家は元は加賀藩主で、裕福なことで有名である。妻に死なれた利為は再婚になるが、夫婦仲もよくすぐに子をなした。

　すばやく次の結婚相手を決めたことで、破棄された側の女は体面を保つことが出来たのである。そして世間の同情も買うことが出来るという好例を、伊都子は久邇宮家から学んだのだ。

幸いなことに、広橋との縁談は、すべてこちらが主導出来た。一日も早い婚儀をという要求も、すぐに呑んでくれたのである。

その代わりすべてを簡略化した。花嫁道具も最低限のものを三越で揃えた程度である。念入りにつくらせた食器、調度品や呉服の類は、山階宮家の紋が入っているためすべて蔵の中に入れた。ティアラやローブデコルテはそのまま持たせたが、伯爵家ならば使うこともあるまい。外遊に出かける身分ならともかく、真光は若手の内務官吏にすぎないのである。

救いといえば、規子がただただ幸せに酔っていることであろう。

広橋家は代々続いた公家の名家であるが、真光は現代風の、目が大きく愛敬のある顔をしている。帝大の庭球部で鍛えた体は、胸板が厚くがっちりしていた。早く父親を亡くし苦労したわりには明るい性格で、たえず冗談を口にし、規子はそのたびに笑いころげる。二十三歳と十九歳の二人は相手に夢中で、親の前でもうっかり手をつなぐのには驚いた。まるで自由恋愛で結ばれた二人のようである。

伊都子はつくづく思い知らされた。

やはり娘というのは、若い男が好きなのだ。あたり前といえばあたり前であるが、伊都子の時代は、そんな気持ちが芽生えることさえ罪だと思った。結婚の条件は、まず身分が釣り合うかどうかということで、それは親が吟味する。

好きな者同士が結ばれるのが幸せ、などというのは、何も持たぬ庶民の価値観だ。天皇家のすぐ下にいる皇族の結婚は、最終的にはお国のためにあらねばならぬ、と伊都子は考えていた。このたびの真光と規子の結婚は全くの偶然だ。山階宮の発病、破談がなければ、結ばれるはずがない相手であった。

ただ母の栄子《ながこ》は、この縁を大層喜び、

「固苦しい宮家よりも、貧乏な華族の方が気軽でよかったのではないか」

と口にしているのであるが、そう割り切れる伊都子でもなかった。

昔、留学中の守正の元に行くべく、欧州へ向かったときのことを思い出す。皇族ということになると警備が大変になる。よって伯爵夫人という肩書きで日本郵船の船に乗った。船には留学生が何人もいて、美しい貴婦人に狎れ狎れしく近づいてきたものだ。彼らは「奥さん」と呼んで、酒をすすめたりする。マルセイユで下船した時、初めて皇族妃ということがわかり、彼らの代表者が青くなってわびを入れた。伊都子は笑って許し、迎えに来た守正に彼らを紹介した。このことは旅の楽しい逸話として思い出に残っているのであるが、今となってみれば皇族と華族の差を、まざまざと見せつける記憶となった。女王殿下と呼ばれていた規子は、これから「伯爵夫人」と呼ばれるのである。しかもこの伯爵は、大層貧乏だ。これといった財産もなく、学生の弟もいる。

伊都子は人に頼んで、貸家を探してもらい、ようやく梨本宮邸の近く神泉に、牧野伸顕の持ち家を見つけた。同じ伯爵でも、家柄だけの公家と違い、こちらは明治の元勲の家系である。大金持ちの伯爵は、都内に使わない邸宅を幾つか持っていて、それを貸してくれることになったのだ。

若い官吏の新婚生活といっても、女王が降嫁するからには、使用人の数人も置かなくてはならない。規子には月々五十円の化粧料を渡すことにした。

それから鍋島家を継いだ、腹違いの兄直映《なおみつ》から五万円、母栄子から二万円、皇后陛下から五万円という大金が下賜された。ここから式と披露宴の費用一万五千円をひいたものを若夫婦の財産とした。これを梨本宮家の資産担当者が運用してやることにしたのだ。帝大卒の初任給は七十五円とされているが、これでかなり余裕のある生活が出来るはずである。

十二月二日、牧野伸顕伯爵媒酌で、神泉の新居において結婚の儀がとり行なわれた。そして夜は、久邇宮、朝香宮夫妻、鍋島栄子といった人々で本当にささやかな宴を持ったのである。

このような質素なことをしても許されたのは、天皇の死が刻々と迫っていることも誰もが知っていたからである。そしてもうひとつ、規子の姉夫妻が喪に服していたこともあった。今年の四月、王世子《おうせいし》の兄・純宗《スンジョン》王は長い療養の末、息をひきとったのだ。死を見取った王世子であるが、そこで即位の礼が取り行なわれたわけではない。日本に併合されて朝鮮という国はなくなっていたため、朝鮮王室も存在しないからである。ただ二十八代目の王を継ぐ、という立場だけは残った。

六月に二人は帰国したが、喪中ということで規子の結婚式には出られず、伊都子はつらい思いをした。

しかし十二月二十一日、方子《まさこ》は王になった男の妃殿下ということで、急きょ勲一等宝冠章が下されることになったのである。宮城《きゅうじょう》での拝授式には皇后が立ち会ったが、その日のうちに葉山の御用邸に帰られた。その厳しい顔つきから、陛下の容態が予断を許さないものだと、まわりのものは感じとった。

実はその前から、伊都子たちは宮内省から、

「皇族の方々は、なるべく早く葉山にいらした方がよろしいかと」

という連絡をもらっていたのである。逗子ホテルを借り切り、梨本宮家の一行は待機することにした。

二十四日午後、電話で知らせを受け、皇族たちは御用邸に詰めかけた。広い座敷に集まり、〝寝ずの番〟をするのである。いくら葉山といっても、師走の日本家屋は大層寒い。しんしんと体に伝わってくる冷気の中、伊都子は天皇との淡い記憶を、いくつか思い浮かべる。

昔、鍋島家の別邸も日光にあり、幼なかった伊都子は毎夏、そこですごしていた。東宮時代の天皇にもよく会ったものだ。娘時代、毎日のように別邸にやってきたり、突然愛犬のダックスフントを押しつけたこともある。あきらかに伊都子の美貌に惹かれていたのだ。これには伊都子自身も両親も困惑した。東宮はとうに節子《さだこ》妃と結ばれていたし、伊都子は既に梨本宮家との婚約が整っていたからだ。

もし梨本宮家との婚約前に、皇太子から所望されていたら、自分はどうなっていただろうか。皇后となり、奥の襖の向こうで、天皇の枕元にはべっていただろうか。いや、そんなことはあり

得ない。節子皇后は最良の方だとみなが言う。大層美しかったけれど病弱の皇族女王を、明治の皇后ははねつけられたのである。まず健康でなければならぬと選ばれたのが節子姫であった。色黒で活気が体中にみなぎっていた姫は、やがて誰からも誉め賛えられる皇后となられたのである。男子を四人もおあげになり、その聡明さで、ご病弱だった天皇を支えられた。美子《はるこ》皇后はすべておわかりになっていたに違いない。鍋島の娘だった自分など眼中にはなかったのだ。皇室の方々の妃選びは、ほとんど神がかっていて間違いはないのだ。ずっと昔から……。

やがて奥の部屋で小さなざわめきが起こり、それは皇族たちの部屋にも伝わってきた。

「ご崩御あそばされました」

「ご崩御……」

その時短かかったが輝やかしい、大正という時代が終わった。

夜が明けると昭和という時代がやってきた。

新天皇の朝見の儀、大正天皇の大喪の礼と続いた後、伊都子は疲れからしばらく気が抜けたようになってしまった。

あまりにもいろいろなことが一時にやってきたのである。山階宮との婚儀に向けて三年かけて準備をしたのに、突然破談を言い渡された。その後必死に相手を探し、わずか五ヶ月で婚礼を挙げた。そして、長女方子の義兄が亡くなり、次女の結婚から二十日ほどで天皇が崩御された。

我ながら本当によくやったものである。言いかえれば、規子の結婚があと一ヶ月遅ければ勅許はもらえず、式はぐっと延期されたはずだ。

大あわてで新居を探し、媒酌人を頼み若夫婦のために生活もたっていくようにした。あまりの疲れから伊都子は二日間家に閉じこもり、人にも会わなかった。幸いなことに、テーブルには一昨年本放送を開始したラジオがあった。スイッチをひねれば、山田耕筰作曲の歌や、学者の講話などが流れてくる。三浦環の歌声も聞ける。伊都子はすっかり夢中になった。

しかしラジオの放送が終わると、そこには寂寥とした空気が流れている。広大な屋敷から、あのお転婆な規子がいなくなるとまるで違うのだ。階段を降りてくる音がうるさいと、よく守正が叱っていたが、今にも聞こえてきそうでつい耳をすましてしまう。

伊都子は守正とラジオの前にいた。今まで二人で長唄を聞いていたのであるが、男の声で、

「愛宕山からの放送を終わります」

と告げられてしまった。

「ラジオなどというものが出来たために……」

伊都子はつぶやいた。

「余計寂しくなります。蓄音機を止めた時は、こんな気持ちになりませんが、いったいどういうことでしょうか」

「蓄音機を止める時は自分の気分でするが、ラジオは相手に一方的に止められるからではあるま

いか……」

「うまいことをおっしゃいますね」

「ともかくラジオを聞いている時は、伊都子はおとなしくしている。それが何よりだ」

「まあ、確かにあれを見られては、私は一生宮さんに恥ずかしい思いをしなくてはなりませんね」

伊都子は苦笑した。昨年の七月、山階宮家から一方的な破談を申し渡されてからというもの、伊都子は何度かヒステリーの発作を起こしたのである。口惜しい、と、山階宮家の家紋入りの漆の盆を投げつけたり、皿を割ったりした。夜中に飛び起きて声をあげたこともある。精神科医の治療を受け、ようやくひと息ついたのだ。

「しかしあの口惜しさに力を得て、規さんの相手をあっという間に見つけることが出来ました」

「全くあっという間だった。あの子はもうしばらくうちにいると思っていたのだが」

「本当にあっという間でございました」

そして伊都子は問うた。

「宮さん、宮さんは他にお子がいらっしゃらないのですか」

「何を言うのだ！」

守正は一瞬顔が赤くなった。

「帝国軍人の私に、そんなものがいるわけがないではないか」

「いいえ、よろしいのですよ。宮さんもご存知だと思いますが、鍋島の父は愛妾を同居させておりました。その者との子どもも四人おります。子どもの頃は仲よく遊んだものでございます。今となっては、私が男子をあげられなかったのは、まことに申しわけないことでございました。娘二人が嫁げば、もうこの家は終わりということになります」

皇族の養子は、いっさい認められていなかった。自分たちの代で、この梨本宮家が絶えるのだという実感が、最後の娘を送り出してみるとずっしりと心に響いてきたのである。

「他にお子がいて、男子ならば、どうかおっしゃってくださいませ。こちらに引き取って、嫡子として届けましょう。大切にお育ていたしますよ」

妻があまりにも真剣なので、守正は最初たじろぎ、やがて苦笑した。

「鍋島侯爵の明治の時代とは違う。私の気持ちは、主上《おかみ》と一緒だ」

そのひと言で伊都子はすべて理解した。先ごろみまかられた大正天皇は、自分の母が明治天皇の正室、美子皇后ではないと知って、大層驚き悲しがられたという。そしてまわりの者たちがどれほど勧めても、生涯側室をお持ちにならなかった。これは、節子皇后へのお気持ちのあらわれだとされている。

久邇宮朝彦親王と側女との間に生まれた守正は、幼ない時は親戚の家を転々として大変な苦労をした。その時に守正は、正妻でない者の子どもとして生まれた辛苦をつくづく味わったに違いない。

「我々には二人の娘がいるではないか。梨本宮の名は無くなるかもしれないが、これで家が終わるわけではない。まあ二人して、せいぜい長生きして、梨本宮を守っていこうではないか」
という守正の言葉に、伊都子は涙した。めったに泣いたことがないのだが、その「二人して」
という言葉が、素直に胸をうったのである。

李徳恵《イトケ》が上京したのは、規子の結婚の一年九ヶ月前、大正十四年三月三十日である。徳恵は十二歳で王世子の妹である。

徳恵のことは、方子からも話を聞いたことがある。

「王世子さまには、それはそれは可愛らしい妹君がいらっしゃるのですよ。恥ずかしがり屋で、私とはあまりお話ししてくださらないけれど」

王世子の父の高宗《コジョン》が、数え六十歳の時に女官に産ませた娘である。四女ということになるが、他の女児たちはみんな赤ん坊の時に亡くなっている。老いた王は徳恵を溺愛した。王宮の中に姫のための幼稚園をつくったほどである。その後も王族に入れてくれるよう総督府に懇願した。

しかし高宗は徳恵が六歳の時に亡くなってしまった。幼ない姫君の運命は、総督府に握られてしまったといってもいい。日本人が通う小学校に通わせ、日本語を徹底的に憶えさせた。そして今回の日本留学となったのである。

王世子も母親からひき離しての留学であったが、徳恵よりも幼なかったうえに伊藤博文という後ろ楯がついていた。出迎えには、日本の皇太子も皇族もいた。しかし徳恵が到着した時は、宮内省の職員と李王家の職員たちだけである。

「まあさんは、東京駅にお出迎えにいかないのかい」

方子に聞いたところ、首を横に振った。

「私にはまだ無理です……」

三年前、方子が初めて京城を訪れた時、宮中で覲見式《きんけん》が行なわれた。写真では左端に正装した少女の徳恵がいて、その隣りにやはり朝鮮の衣裳をつけた方子がいる。右端で廷臣に抱かれた赤ん坊の晋《チン》は朝鮮の帽子をかぶらされ、その愛らしいことといったらない。今、徳恵に会ったら、あの時のことを思い出してしまうと方子は言うのだ。

「徳恵さまには、何も罪はありません。けれどあの時、お可愛らしい、お可愛らしいと、晋ちゃんを取り合っていた、宮中の人たちを思い出してしまうのですよ。そうしておきながら、晋ちゃんに毒を盛った人たちをね……」

そんなことをお言いでない、と伊都子は方子を諭した。

「母親やお国から離れて、どれほどお淋しいことだろう。あなたがこれから、姉としてめんどうをみなければいけないのですよ」

そんなことはわかっていますと方子は視線をおとした。結局徳恵姫を、夫と一緒に鳥居坂の邸に迎えた。姫はこれから女子学習院に通うことになったのだ。

伊都子はこの異国の姫君が、いたわしくて仕方ない。山階宮との縁談がどうなるかわからない時であったが、宮城に連れていき皇后に会わせた。

徳恵姫に対して、どこかよそよそしかった方子も、規子と徳恵姫と一緒に、皇太子の誕生日祝いに出かけている。

「徳恵さまは東宮さまと楽しそうにお話もされました」

という方子の言葉にすっかり安心してしまった。しかし四月の末になると、徳恵に従《つ》いてきた女官や通訳たちはみんな帰っていくではないか。一日も早く、徳恵が日本になじむためだという。

伊都子は徳恵のことが気がかりだった。日本人の小学校に通っていたといっても、まだ日本語は完璧ではない。そのために学習院には、家庭教師が必ずついていくという。

「そんなことでは、ご友人も出来づらいでありましょう」

方子に言って、梨本宮家にも遊びに来させる。庭のテニスコートで兄の王世子とボールを打っているさまは、まだあどけない少女であった。

「おかわいそうに」

最近やや感傷的になっている伊都子である。まだ母に甘えたい年頃で、突然異国に連れてこられたのだ。そして伊都子の見るところ、徳恵は兄に大層遠慮していた。身分の低い女官の子どもゆえ、なかなか王族の仲間入りをさせてもらえなかったと聞いている。

しかし徳恵はこれから日本人として、皇族と華族の中間ほどの場所で生きていかなければならないのだ。その困難は、王世子によってもう伊都子は知っている。

「早くよい方を見つけてさしあげなければ」

そう考えたとたん、伊都子は自分の中に力が湧いてくるのを感じたのである。縁談こそは、伊都子を奮い立たせるものなのだ。

＋

昭和の御代になって二度めの、昭和三年の正月も静かに過ぎようとしていた。

十一月の即位の礼を控え、宮中での拝賀の儀は規模を小さくして行なわれた。

が、天皇皇后両陛下は機嫌よくお揃いで、皇族からの祝賀をお受けになった。白いローブデコルテ姿の皇后は、お二人めの内親王が誕生されたばかりで、におい立つような美しさである。学習院の生徒の中から選ばれた少年二人が、トレーンの裾を持ってしずしずと歩いた。

ついこのあいだまで、その場所には節子《さだこ》皇后がお立ちになっていたのであるが、もうお姿は見えない。大正天皇の喪儀が終わったとたん、宮城《きゅうじょう》から青山東御所に移られたのである。そのいさぎよさに、さすがと人々は感じ入ったものだ。

その年の正月は、梨本宮家にとってはやや寂しいものとなった。規子《のりこ》が嫁いでしまったうえに、毎年年賀にやってくる李王夫妻の姿が見えない。

李王と方子《まさこ》は、昨年の五月末から一年にわたる欧州歴訪の旅に出ていた。李太王の薨去や大正天皇の崩御でのびのびとなっていたものだ。

が、出発までにはさまざまな反対や議論があり、日本の皇族として行くのか、それとも朝鮮の王として行くのかと政府や宮内省も困惑していた。これにすっかり嫌気がさした李王が、珍しく声を荒げる場面もあったようで、方子は心を痛めていた。

「それでも欧州が見られるというのは誰でも出来ることではありません。妃殿下として恥ずかしくないおふるまいをなさい」

と伊都子《いつこ》は自分の宝石のいくつかを貸してやった。今頃はイタリアにいるはずである。非公式ということになっているが、ムッソリーニに会うと手紙にはあった。

そして松飾りも取れた一月の朝、新聞を手に取った守正《もりまさ》は、おお、となり、それを伊都子に渡した。

一面に大きな見出しで、

「秩父宮《ちちぶのみや》殿下の妃に選ばれた松平大使令嬢」

とあった。節子の写真も、秩父宮と共に載っている。

信じられない、と伊都子は首を横に振る。そんなことはあり得ない。節子は伊都子の親しい姪である。ついこのあいだも、節子あてに手紙を書いたばかりだ。

節子の母信子は、伊都子と母を同じくする妹で、外交官松平恒雄に嫁いだ。恒雄は賊軍とされた会津藩主容保《かたもり》の息子で、爵位は弟に譲ったため華族でもない。つまり節子は平民の娘なのである。

「直宮《じきみや》さまのお妃が、平民から出るなどということがあるでしょうか……」

自分の声が震えているのがわかる。驚きもあったが、そのことをいっさい知らせない妹、信子に対する怒りの方が大きい。

「実は大宮さんがまだ皇后でいらした時に、会津出身の山川健次郎をお呼びになり、節ちゃんのことを……」

守正は、うっかり節ちゃんと呼び、すぐに訂正した。

「節子嬢のことを調べさせている、という噂が立ったことがある。しかし会津の娘を妃殿下にされるはずがないと、すっかり忘れていたのだが」

考えれば考えるほど腑に落ちぬ話であった。平民の娘が華族に嫁ぐ例がたまにあるが、これは実家の裕福さを見込んだ貧しい子爵、男爵というのがほとんどだ。相手が皇族などというのはありえないことである。よって節子は、このたび急遽本家の松平保男の養女となったのだが、この保男にしても華族としては下から二番めの級の子爵であった。義姉になる皇族出身の良子《ながこ》とは、まるで釣り合わない。

「しかも雍仁《やすひと》殿下は、大宮さんがあれほどお気に召していらっしゃる親王さまであられます」

朴訥な学者肌の天皇と違い、次弟の秩父宮は才気煥発、気鋭の陸軍将校として国民にも大層人気があった。

「その雍仁殿下に、よりにもよって平民の娘で、会津の孫、外国で生まれ育った娘が妃殿下になるとはどうしても信じられません」

このように否定的なことを口に出来るのも、節子が親しい身内だからである。関東大震災の日、松平一家は梨本宮家に避難してきた。そして節子は竹林のテントの中に敷いた布団にくるまり、規子と抱き合ってすやすや寝入ってしまったのである。規子もそうであるが、まだあどけない少女であった、あの〝節ちゃん〟が、直宮の妃殿下になるとは……。宮家は梨本宮家を含めて十一家あったが、天皇の子や兄弟の直宮とは重みがまるで違う。ましてや秩父宮は、今のところ皇位継承順位第一位なのである。

守正の出勤を待って、伊都子は車を鍋島家まで走らせた。といっても渋谷の宮益坂から松濤まではあっという間の距離である。

予想していたことであるが、鍋島家の門の前には、たくさんの新聞記者がつめかけていた。節子一家がワシントンにいるため、母親の実家に来るしかないのだ。おそらく松平家の方にも殺到しているに違いない。

シトロエンのクラクションを鳴らして、記者たちを追いはらった。

「母上」

居間に入るなり、伊都子は叫んだ。

「お知りだったら、どうして教えてくれなかったのですか」

「そうは言うてもねえ……」

地味な縞ものを着た栄子《ながこ》は、うかぬ顔をしている。

「ワシントンの信子から手紙が届いたのは、先週のことや。新聞発表があるまでは、誰にも言わないでくれと書いてあって……」

「それにしても水くさい。こんな大事なことを姉の私に相談もしてくれないなんて」

伊都子は椅子に腰かけ、茶を運んできた女中に手を振り、人払いをした。

「昨年の十月に、ワシントンに樺山《かばやま》さんが行かはったそうや」

樺山愛輔伯爵は薩摩の出だ。娘の正子と節子とは親友の仲である。

「大宮さんの命を受けてのことやったんやけど、信子も松平さんもとんでもない、と即座にお断わりしたんやそうや。平民の何の躾もしていない娘が、なんで直宮の妃殿下になることが出来ましょうと」

いったんはひき下がり帰国した伯爵に、大宮は大層不満をお持ちになった。最後には別のものを遣わすとまでおっしゃったそうだ。

「それで樺山さんはまた二十日かけて、ワシントンに行かはった。これでまた断わられたら、帰りは太平洋に飛び込む覚悟と聞いたら、信子も松平さんもお受けするしかないと思うたようや」

栄子はため息をついた。そこには、孫娘を直宮に嫁がせるという誇らしさはまるでない。

「節ちゃんも嫌がって、嫌がって、ずうっと泣いてたそうや。このままアメリカの大学に進んで勉強したいって、皇族の妃殿下になんかなりたくないって」

伊都子にはその様子が想像出来た。節子は母親そっくりの顔立ちで、美貌というのではない。しかし聡明なよく動く表情は、いかにも海外で育った少女のものであった。

「親愛なるおばさまへ」

とはじまる、アメリカからの手紙もユーモアと知性に充ちていて、伊都子は大層楽しみにしていたものだ。いずれボストンの大学で理科系の学問を勉強したいと言っていた姪は、方子や規子とはまるで違う人生をおくるものと考えていた。それが直宮の妃殿下とは……。

「伊都さんも梨本宮さんにいかはって、それはそれはご苦労やったと思いますわ。何というても皇族は雲の上のお人。そやから私は、次の娘は外交官のところに嫁がせようと思いましたんや」

世間では、信子の縁談は父、鍋島直大《なおひろ》が決めたことのように言われているが、母栄子の意向がはるかに強かったのである。

「私もイタリア行きましたから、外交官夫人の苦労はわかります。そやけど外国を見て、旅をして、心が広うなりましたなあ。私は伊都さんを皇族に嫁がせましたから、今度は平民の帝大出の婿さんにしようと決めましたんや。そしたらこうや……世の中うまくいかんもんやなあ。気軽な相手思いましたのに、その娘が直宮さんの妃殿下やとは……」

「母上、そんな嘆いてばかりでは、節ちゃんが可哀想ですよ」

「そらそうやわ。信子たちは六月に帰国するようやけど、しばらくはここの別邸に住むようや。

納采の儀もここでするとしたら、手を入れななりません。忙しいことになりそうや」

ついに母にも本音を言えず、伊都子は帰ってきた。そして二人の娘のことをつい考えてしまう。方子が長く皇太子妃の候補とささやかれながら、脱落してしまったのは、当時皇后だった大宮が反対したからだ、という噂があった。伊都子には思いあたる節がある。日光でのこと。伊都子の美しさに惹かれた当時皇太子だった大正天皇が、しつこく鍋島家の別荘にお立ち寄りになった。それ以来、自分は皇后にうとまれているとずっと感じ続けていた。だから皇太子妃が方子ではなく、良子女王に決まったと聞いても納得出来た。

そして次は規子のことである。規子は年齢的に秩父宮と釣り合う。皇族の女王という条件も申し分ない。が、伊都子ははなから諦めていた。

それは、

「直宮が朝鮮の王と、相婿になることはあるまい」

ということだ。方子が当時王世子であった李王に嫁いだ時と状況は違う。日本が併合して以来、日本人の朝鮮差別や偏見は驚くほどの早さで拡まっていった。朝鮮からの出稼ぎ者が急増したことも大きい。そのあらわれが、関東大震災の際の流言飛語と朝鮮人虐殺だったのである。

その空気を大宮が感じていないはずはない。もし秩父宮が規子と結婚すれば、李王が義兄となる。そんなことは実現するはずはなかった。

だからといって、秩父宮の妃殿下が、規子の従妹、節子というのは衝撃だった。

規子の方がはるかに身分が上である。いや比べることさえ出来ない。規子は皇族の女王で節子は平民の娘なのだ。規子の方が美しい。やんちゃといっても、女王としてのふるまいを身につけている……。

「節ちゃんを選ぶぐらいなら、どうしてうちの規子を……」

そう栄子に愚痴ってみたかったが、やはりそれは憚かられた。実の母親であっても、到底口に出来ないことであった。

節子の婚儀を前にして、一族の女たちが集まりお別れの会が開かれることとなった。皇族となったら、もう今までのように会うことが出来ないと、栄子が計画したのである。

このあたりも方子の時とは違っていた。

松濤の鍋島侯爵邸に四十人ほどの女たちが集った。関東大震災で焼失した永田町の邸は、鍋島の財力を誇示する文字どおりの城であった。何百人かが踊れるボールルームもあり、部屋数は三十を下らない。松濤の邸は別邸として建てられたために、永田町の邸の数分の一だ。が、決して小さくはなかった。イギリス風のがっしりとしたつくりで、正面の白いテラスが目をひく。この後ろには、広大な農園がひろがり、最先端の温室があった。

そういうとりきめはなかったのに、女たちのほとんどは紋付きの和服であった。伊都子の腹違いの姉、朗子《さえこ》も出席していた。素晴らしい染めの京友禅に、ダイヤの帯留めをしている。日本一の金持ち華族といわれる、加賀の前田家に嫁いでいるのだ。村上開新堂特製のケーキやアイスクリーム、寿司が出て、手品の余興に子どもたちは大喜びである。その後、亡くなった前当主、鍋島直大作曲の雅楽が箏で演奏された。鍋島家は家族ぐるみで雅楽を好み、その昔は伊都子、信子ら娘たちに唱歌を歌わせ、直大が琵琶や箏で伴奏したものだ。この他にも中島歌子を師として、自作の和歌集を残している。

大使としてイタリアに赴き、洋風の邸宅や服装を好んだ直大であるが、その実は国風をこよなく愛した。それもすべて皇室に対する崇敬によるものだ。

もし父が生きていたら、孫のこのたびの婚儀をどれほど喜んだろうと伊都子は思う。自分の梨本宮家や、方子の李家よりもはるかにだ。天皇家の直系の直宮の重さは、昭和になってさらに価値あるものになっている。

女たちは笑いさざめきながら庭に出て、初夏の風を頰にあてた。中心にいるのが、節子皇太后を思いはばかり、勢津子と字を変えた節子だ。菖蒲を染めた美しい単衣をまとっているが、歩き方がやや外股になっている。

「勢津君さん」

可愛がっていた姪を、今や伊都子はこのように呼ぶ。傍に近づき小声で注意した。

「着物をお召しの時、少々歩き方がお転婆過ぎるようですね」

「まだ和服に慣れておりませんもので、お恥ずかしゅうございます」

ついこのあいだまで、ワシントンの学校に通っていた女学生なのだ。

「大宮さんが直接ご指導していらっしゃると聞いているので、私が言うのも差し出がましいけれど」

「とんでもございませんわ、おばさ……、いえ、伊都君さま」

勢津子はあわてて言い直した。

「母も御用掛りをつとめておりましたので、多少のことはわかると思っていましたがとんでもない。伊都君さまにご指導いただけなければ、準備は何ひとつ進まないと両親も申しております」

姪のこの素直さは、伊都子の自尊心をくすぐる。

「大宮さまからもいつもご注意をいただきます。皇族妃はいかなる時も、微動してもなりませんと。息もしていないようにじっとしていなさいと。梨本宮妃殿下をご覧、あの方は美しいだけでなく、お立ちになる姿も完璧でいらっしゃると。私はおばさまが身内で本当に心強うございます」

「勢津君さん、そんなことをおっしゃっていただいて嬉しいけれど、これからはあなたがすべて上のお立場になるのですよ。そしてうっかりでも、母、両親、などと言ってはいけません。信子、であり、松平なのです」

「はい」

「私も最初はつろうございました、自分の両親を呼び捨てにするのは。しかし二人きりの時は、昔どおり、お母さままでよろしいのですよ」

勢津子は大きく頷く。すべてを吸収しようとする様子がなんともけなげだ。大宮が今や、わが娘のように可愛がっているというのもわかるような気がした。勢津子には賢こさと謙虚さが備わっている。

近くにいる者なら、誰でも知っていることであるが、大宮は皇后とは一定の距離がある。良子皇后があまりにもおっとりとしていらっしゃるのを、大宮は歯がゆくて仕方ないご様子だ。そこへいくと勢津子は賢こいうえに素直で、大宮を心から慕っている。いずれ大宮のお心は、次男夫妻の方に傾いていくのではないか……。

そんな宮廷での噂は、幸福に顔を輝やかせている姪はもちろん知らなくてもいいことだ。

「勢津君さん」

伊都子はあらたまった声を出した。

「今日はあなたを祝うために、これだけたくさんの鍋島の女たちが集まっています。私も梨本宮に嫁ぐ時、母に言われました。どうか鍋島の誇りを持ち続けてほしいと。そのうえにあなたは、会津の誇りも持たなくてはいけないのですから、よほどのお覚悟をお持ちにならないと」

口にした後で、鍋島という華やかな名と、会津とはまるで相反するものだと気づいた。会津は、維新の際、逆賊の汚名を受けすべてを奪われた悲劇の藩である。

あちらで栄子が、鍋島家当主夫人の禎子と写真を撮っている。はからずも二十数年前、母の好みで進めた縁談は、このような歴史の結びつきを生み、それが皇室へつながったのだ。

次の年の秋、伊都子は大磯の別邸に行くことにした。九月というのに、東京は夏を思わせる日が続いたのだ。

李王の妹、徳恵《トケ》も連れていくことにした。

伊都子は徳恵のことが、気になって仕方ない。今は女子学習院本科に通っているのであるが、前から学校を休みがちであった。友人もいないようだ。最初は、

「父上と離れて異国でお暮らしになっているのだ。おいたわしいこと」

と思ったものの、その反面、

「文化のずっと進んだ日本で、大切にされていろいろ学んだ方が、姫君にとってはお幸せなことかもしれない」

と考えるようになった。

徳恵の父、高宗《コジョン》はとうに亡くなっていた。母は身分の低い女官で、到底後ろ楯にはなれなかった。しかも今年の五月、乳癌のために四十八歳でこの世を去っている。

ゆっくりと別れを告げたかったであろうに、宮内省と李王職とが、あれこれ横槍を入れてきた。徳恵は単なる貴族でなく、王公族の一員なので、喪に服すことが出来ない。京城での葬式の時以外は、喪服を着てはならぬというのだ。徳恵に同情した葬式の群衆が、純宗《スンジョン》の時と同じように、そのまま反日運動に変わることを怖れたらしい。すぐに日本に帰国させた。

宮内省や総督府が、都合によって王公族と言ったり、貴族と言ったりするのは、李王夫婦も一緒である。どういう待遇で欧州に行かせるのか、といった長い議論の末、二人は「李伯爵、伯爵夫人」という肩書きになったのである。

しかし各国は、日本に併合された朝鮮の立場をよく理解し、とても同情的であった。どこの国でも国王や元首が丁重にもてなしてくれたと、方子ははずんだ声で報告してくれたものだ。

二人が神戸港に着いたのは、昨年の四月九日である。その時は徳恵も伊都子と一緒に二人を迎えた。いつものように口数は少ないが、兄夫婦との再会にずっと笑顔を見せていた。

が、一年後に母親が急逝した。

「あなたが一緒に行っておあげになるといい」

方子に同行を勧めた。

「純宗殿下の時と違い、李王殿下も、というわけにはいくまい。けれどまあさんだけでもつき添ってあげたらどうなのかね」

が、方子は今回も首を横に振った。

「純宗殿下のご葬儀の時は、仕方なく京城へまいりましたが、晋《しん》ちゃんのお墓まいりに行くのもつらいのです。もう京城というところへは二度と行きたくはないのです」

殺されたわが子のことを思い出してしまうというのである。その後子どもは出来ない。

「おたあさま、欧州にいる間にまたひとつ年を重ねてしまいました。もう二十七歳です」

方子は、もともと心の優しい思慮深い娘である。それなのに義妹の徳恵に対する態度はあまりにもそっけない。欧州旅行中、留守をしている徳恵をあれこれめんどうをみたのは伊都子である。それなのに、そのことも別に気にかけていないようだ。

徳恵を見ると、わが子を毒殺されたあの京城訪問のことを思い出してしまうと以前言ったことがある。が、それ以上に、今、方子の心の中にトゲをつくっているのは、妊娠しないことへの焦りなのだ。

「それならば、おつくりになることだね」

「えっ」

「前から思っていました。帝大の産婦人科にお行きなさい。あそこで診察をしてもらうのです。子どもが出来づらいなら、簡単な手術で治ると博士は言っています」

日赤の仕事で、この博士とはすっかり懇意となっていたのである。

「まあさんが子どもを欲しいとおっしゃるなら、全力で頑張ればよい。その間は私が徳恵さまのお世話をいたしましょう」

方子に子どもが出来れば、優しい母性が戻り、やがて徳恵にもよい影響を与えることであろう。今のままでは、徳恵があまりにも不憫だと、今度の静養にも連れ出したのだ。

が、一緒の家にいると、徳恵の異常さに次第に気づくようになってきた。もともと口数が少ない娘であったが、大磯に来てからはほとんど喋べらないようになった。そうかと思うと、何かつぶやきながら笑っていることもある。

そんなある日、夜中に起こされた。

「妃殿下、徳恵さまのご様子がおかしゅうございます」

離れに行ってみると、悲鳴のような声が聞こえる。

「アイゴー！　アイゴー！」

朝鮮の言葉で、とても悲しいと言っているのだと、徳恵付きの職員は教えてくれた。

「私にも憶えがあるよ」

それは三年前のことだ。規子と婚約していた山階宮家の王子から、破談を告げられたのである。嫁入り道具はほとんど揃えていたから、伊都子の憤りは頂点に達した。

「夜も全く眠れず、気がつくと泣いていたり、声をあげたり、ものを壊したりしたのだよ。宮さまさえ、私を怖がって近づいておいでにならなかったのだ」

だから徳恵には、驚きの後に深い同情がわく。母親の死がよほどこたえたのであろう。精神を病むということに対して、伊都子は寛大である。ものごとを深く悩めば、誰でもそんな時はやってくるはずだ。

「あなたもお子がお出来になれば、すぐに元のまあさんに戻ってくれるはずです」

大磯から方子に向けて手紙を書いた。

「徳恵さまも一日も早く、お元気になってもらわなくては。それには結婚なさることでしょう。

つくづく思います。ご伴侶を得れば、きっと母上の悲しみも忘れられるはずです。年頃の娘は、結婚すれば、心がおだやかになるのです。私に任せておきなさい」

十一

昭和四年、五年と続く年は、伊都子《いつこ》にとって喜びごとが多かった。

何よりも嬉しいことは、広橋伯爵に嫁いだ規子《のりこ》に、女の子が生まれたのである。父親そっくりの、大きな目をした子は、樹勢子《きせこ》と名づけられた。若い夫婦が命名したのである。

伊都子はさっそく駆けつけて、小さなふわふわとしたいきものを抱く。赤ん坊は小さなあくびをした。こんないとおしいものがあるだろうかと伊都子は目を細め、八ヶ月余りで死んだ幼な児のことを思い出さずにはいられない。あれは確かに異常なことであった。小さな貴い命があっけなく奪われたのである。

日本に生まれた日本人の樹勢子は、おそらく誰からも危害を加えられず、すくすくと育つことであろう。そこへいくと晋《しん》は、半分日本人の血が混じっているために殺されたのだと考えると、伊都子はやりきれなくなるのである。やはり、方子《まさこ》と朝鮮王家との結婚は、不自然なことだったのだろうか……。

いや、そんなことはない。目の前には完成したばかりの李王家の邸宅があった。紀尾井町の二万坪に建った李王家のこの屋敷は、皇族妃の伊都子でさえ息を吞むほどの素晴らしい建物だ。明治二十五年につくられ、関東大震災で焼失した永田町の鍋島邸は、辰野金吾が建築の指揮をとった三階建ての西洋館であった。

当時日本でいちばん豪華な邸宅といわれたが、今考えると文字どおりの西洋館だったのかもしれぬ。当時の日本人が必死で模倣した、イギリス風の巨大な建物であった。

李王邸は大きさでは鍋島邸に譲るものの、その意匠の素晴らしさは当代の日本の建築がたどり着いた最高峰となるに違いない。凝りに凝ったチューダー様式は、宮内省内匠寮《たくみりょう》の工務課長らが心血を注いだものだ。

アールデコ風の鮮やかなステンドグラスに導かれて、優雅な曲線の階段をあがる。広々としたレセプションルームにもうけられたシャンデリアは、李王夫妻がヨーロッパで購入してきたものだ。床をとってみてもイタリアから取り寄せた大理石、タイル、日本の職工たちによる寄せ木と、変化にとんでいる。

この新邸は、日本から与えられた李王夫妻のとてつもなく豪華な玩具といってもよかった。もともと建築に興味を持つ李王は、設計図にもあれこれ指示を出し、海外の文献を取り寄せたりしたのだ。シャンデリア以外にも、家具のあれこれをヨーロッパから取り寄せた。方子もカーテンや家具選びに夢中になり、しばらくは不妊治療のつらさを忘れるほどであった。

昨年の秋、方子は帝大の産婦人科で子宮後屈の手術を受けている。過去に子どもは出来た体だ

しと、ためらう方子に、

「今、子どもが出来なかったら、出来るようにすればいいのです」

と手術を勧めたのは伊都子だ。娘の心を救うには、それしかないと考えたからである。

移転の日は、三月三日の桃の節句となり、親しい者だけで小さな宴が行なわれた。

大食堂のテーブルには、李王家のコックがつくるフランス料理が運ばれてくる。パリで修業してきた彼は、節句の日にちなんで、ハマグリを使ったブイヤベース仕立てのスープを出した。

「お雛さまがないのが寂しいけれど、いいお節句になりましたね」

方子の花嫁道具の中に、雛人形を入れるかどうか最後まで迷ったのであるが、異国の王室だからと遠慮したのである。

「けれども女の赤さんがお生まれになったら、来年はご入りようになろう」

方子にささやくと、さっと顔が赤くなった。というのも、ほんのつい先日、引越の最中、方子は体の変調を見た。妊娠していたのである。用心して葡萄酒にも手を出さない。

その傍で静かにスプーンを運ぶ徳恵《トケ》がいた。当然のことながら、徳恵とその従者たちもこの邸に引越してきたのである。徳恵の部屋は二階のバルコニー付きの部屋だ。専用の便所と風呂場もついている。

このところ徳恵の容態が安定しているので、伊都子は安堵していた。これも自分が紹介して、帝大の精神科の医者に診せたためである。「早発性痴呆症」と診断された。そしていくつかの投薬のせいもあろうが、この新しく美しい邸に引越すという興奮が、徳恵を明るく健康的な娘にしているようだ。日本語もすっかりうまくなっている。

「これならば、どこかに嫁がせることも可能であろう」

伊都子はこのところ、爵位を持つ若い男たちをそれとなく調査しているのである。それは規子の時にやったばかりだ。規子の婿選びも万全の態勢で、というわけにはいかなかった。山階宮武彦王から一方的に破談を言いわたされたために、一日も早く縁談をまとめなければならなかったのだ。

徳恵の場合の不利は、規子どころではない。

なにしろ精神を病んでいるのである。今、容態が安定している間に、秘密裡に早くことを進めなければならなかった。が、これは騙していることにはならないだろう。

結婚さえすれば、たいていの女はすべてことがうまく運ぶのだ。伊都子は固くそう信じていた。女の孤独や不安も解決される。家庭を持ってこその女の幸せなのである。特に高貴な女は、自分の血を次の世代に伝えるという役目があった。そのことによって夫からも守られ、大切にされるのである。だから必ず子どもを産まなくてはいけない。

そして今や自分の努力と計画はすべてうまくいき、方子は妊娠し、徳恵も楽し気にここにいる。この新しい邸での幸福は、すべて自分がつくり出したものだと思うと、伊都子は胸がいっぱいになるのである。

この年、宮中でも慶事があった。大正天皇の三男にあたられる高松宮宣仁親王と、公爵徳川慶久の次女、喜久子姫との婚儀がとり行なわれたのである。

喜久子姫の父、慶久はかの最後の将軍慶喜の七男であった。よって喜久子姫は、朝敵の孫ということになる。

が、世間も伊都子も驚かなかったのは、喜久子の母が有栖川宮の女王であったからだ。男子がおらず絶えてしまった有栖川宮の祭祀は、高松宮が引き継ぐことになっていたので、二人の婚約は子どもの頃から決まっていたといわれる。

とはいうものの、障害がなかったわけではない。才能ある美男子で、少々変わり者とされていた慶久公は、三十七歳の時に自死した。それ以来實枝子未亡人は、愛妾の生んだ娘たちとも分けへだてなく、小石川第六天町の邸で喜久子姫を育て上げたのだ。

この縁談を最後に認めたのは、やはり節子《さだこ》皇太后といわれている。愛らしく美しい喜久子姫を大層気に入られ、秩父宮勢津子妃と同じように自ら教育されているのだ。

高松宮と喜久子妃は、婚儀の後、天皇の名代として、一年二ヶ月にわたるヨーロッパ旅行に出かけた。ハネムーンも兼ねているという。李王夫妻とは違い、各王室を訪ねる旅だ。

この最中、大宮御所から伊都子に呼び出しがかかった。

「大宮御所の藤が大層見事に咲きました。昔話をしたいので、いらっしゃいませんか」

という口上つきである。

大宮は学習院で二つ齢下であるが、昔話をするほど親しいとも思えなかった。方子の婚約の際に、ふと疑念を抱いたのも事実だ。

とはいうものの、確かにそれも遠い日になりつつある。お互いに孫を持つ年齢となり、節子皇太后は天皇の崩御と共に宮城《きゅうじょう》を去られた。そして大宮と呼ばれる身分になられると、観桜会の際など、「伊都君さま」と親しみのこもった声で呼びかけることも多くなっていた。

大宮御所は赤坂離宮の中にある。こちらも新天皇のおぼしめしで新築がなったばかりである。簡素な平屋の日本建築で、李王邸とは比べるべくもない。

しかしこの中に入る時は、やはり宮城と同じほどのややこしいしきたりが必要である。まずは最初に出てくる緋の袴姿の典侍たちに、長い挨拶をする。

「こんにちは。ご機嫌よう。まことに涼しいことでございます。大宮さんにも何のお障りもあらっしゃりませんで。明石の典侍さんにも何のお障りものうて……」

寡婦となられた大宮は、濃い紫色の丈の長いお洋服をお召しである。えりが高くきちんと喉まで隠れるようになっている。眼鏡をかけられるのも最近のことだ。

大宮は「九条の黒姫さま」に戻ったような、ざっくばらんな口調になられた。皇室の方々はみんなややや早口で、そして京都訛りがある。

「伊都君さんとも、ゆっくりとお話をしたいと思っていたのだけれど、こう見えても私もいろいろやることがあるのですよ」

ハンセン病や知的障害を持つ子どもたちの支援をなさっていらっしゃるのだ。

「ところで方君さんはお元気でいらっしゃいますか。まだお子はお出来にならないのですか」

「それが……」

大宮に隠すこともはばかられ、伊都子はぽつりぽつりと語り始める。

「このあいだせっかく子どもが出来たのですが、すぐに流れてしまいました」

妊娠五ヶ月だった方子が、流産したのは四月のことである。引越しのあれこれで忙しかったのだろうと伊都子は慰めた。

「そうでしたか。なんとお気の毒なことでしょう。最初のお子さまのことで、私もずっと胸を痛めているのですよ。なんとか一日も早く、元気なお子さまをおつくりいただきたいものです」

やさしく同情を寄せる大宮は、やはり皇后でいらした時と違う。以前は言葉を選び選びおっしゃっていたようなところがおありだったが、今はすっきりと発せられる。

いつしか、今、欧米を旅行中の高松宮の話題となった。

「手紙によると、喜久君さんは馬車に乗ると、いつもすやすやお休みになるそうですよ」

楽しそうにお笑いになる。

「それはそれは……。やはりお若いといっても毎日気がお張りでお疲れなのでございましょう」

喜久子妃はまだ十八歳の若さなのである。

「それどころか、召し上がる時によくものをこぼすので、高松宮がパリで赤ん坊のよだれかけを買ってあげたそうです」

幼ない時から詩をお書きになっていた芸術家肌の宮さまは、美しくあどけない妻を大切にしていらっしゃるらしい。

「もしかしたら、あちらで赤さんが出来るかもしれないが、それはそれでいいではありませんか」

「はい、私もイタリアで生まれましたので、伊都子と名づけられましたから」

「そうですね。イタリア生まれのお美しい方と、学習院時代、私たち大層憧れたものです」

のどかな大宮の口調である。昔、避暑地で自分に接近してくる皇太子時代の天皇に腹を立て、おひとりで東京に帰ったことなど、遠い思い出話になったようである。

話題はいつしか華族にもおよんでいく。途中で中食《ちゅうじき》として、こぶりの鮨と口取りが出て、伊都子はすっかり恐縮してしまった。大宮は華族の動静にもお詳しい。

「朝香宮さんところの女王さんが、伊都君さんのお里に嫁《い》かれるそうですね」

「はい、有難いことでございます。直泰《なおやす》は鍋島の後継ぎでございますのに、ずっとゴルフに夢中でございまして、いったいどうなることと案じておりましたが、朝香宮さんから来ていただけることになりました」

「ゴルフというのは、よほど面白いものらしい。陛下も今も時々はおやりになるぐらいですから」

陛下というのは、大宮にとって長男である天皇のことである。皇后良子《ながこ》も今は二人の内親王の母親で、お二人は仲がいいことで知られていた。

「秩父宮のところもつつがなくいて結構なことです」

「勢津君さんは海外育ちでございますから、一族の者は皆心配しておりましたが、大宮さまに直にご指導いただき、日に日に妃殿下らしくなっていくようでございます」

今年の正月、宮中で行なわれた拝賀の儀で、ローブデコルテ姿の勢津子は、良子皇后の隣りに立っていた。背筋をぴんと伸ばし微動だにしない様子は、大宮の教育の賜に違いない。

「勢津君さんは素直で頭がおよろしい。何でもぐんぐんと吸い込むようですよ」

「まあ、嬉しゅうございますこと。今のお言葉を妹にも伝えておきましょう」

「これで私もいち段落ですよ。後は崇仁《たかひと》ということになりますかね」

といっても末っ子の宮はまだ数え十五歳というお年だ。兄君たちと年の離れた宮を大宮は溺愛なされ、お手元でお育てになっていらっしゃる。

「どんなお姫さまが妃殿下になられるのか、私どもも心待ちにしております」

「まあ、私の楽しみもこれで終わりということですかね」

伊都子は驚いて顔を上げた。大宮の口から「楽しみ」という言葉が飛び出したからだ。しかし高貴な方に向かって、問い糺すことは礼に反することであった。

が、大宮ははっきりとこうおっしゃったのである。

「女親にとって、子どもの相手を決めることぐらい、むずかしくて楽しいことはありませんからね」

「はい……」

「陛下の時はともかく、うるさい政治家たちがいなくなってからは、あとは私の好きなようにやることが出来ました」

それはご自分に言い聞かせるようであった。

「あれこれ考えると夜も眠れないこともありました。学習院へ行き、それとなく生徒を見ていたことはご存知のはずですね。伊都君さん、あなたもおわかりでしょう。表のことは男の方がなさるものですが、子どもの相手を決めることは女の仕事ですからね。その点、伊都君さんはご立派におやりになりました」

「私などとても、とても……」

伊都子は大宮の真意が全くわからなくなる。どうして今日、自分をここに呼んで、心の内をうち明けられるのか。大宮は皇后時代、体の弱い陛下をお助けするあまり、ご自分が前に出ることも多かった。そのことへのそしりを充分知っていらしたので、どんな近い人たちにも、心をうち明けたりはなさらなかった。その大宮が、どうして今になってこんな深いお話をなさるのか。伊都子は少し混乱してしまったほどである。

「いえいえ、伊都君さんのなさったことはご立派です。いつも私は感心して見ておりました。あなたほど、女の仕事をうまくおやりになった方はいらっしゃいますまい」

家に帰った伊都子は、大宮御所での出来ごとを、夫にも娘たちにも話さなかった。上つ方が漏らした言葉は絶対に、よそで喋べってはいけないのだ。しかし「楽しい」という大宮の言葉は、何度も何度も胸の中に甦える。「楽しい」という言葉は、あまりにも唐突で、皇太后にふさわしいとはとても思えなかったのである。

大宮のお召しはそれで終わらなかった。一週間後に再び大宮御所から電話があったのである。またお越しいただき、お話をしたいとおっしゃっているという。

「私にいったい何の御用なのでしょうか」

守正に尋ねると、

「李王家のことをお聞きになりたいのでは」

この頃伊都子は、方子からこっそりと打ち明けられることがある。

あの豪壮な李王邸には、祭祀の間があり、李王は毎日そこに額づき祖先たちに祈っているという。この何年か李王の苦悩はますます深くなっているようなのであるが、それを彼は梨本宮夫妻に見せることはない。普段は快活で教養深い青年王としてふるまっている。伊都子は、音楽会や芝居によく李王夫妻を誘う。李王夫妻はゴルフはしないがテニスは大好きで、スキーも得意だった。紀尾井町の邸の地所は、二万坪もあるうえに坂も多く、有名スキーヤーの猪谷六合雄《いがやくにお》に来てもらい一緒に滑ることもある。

伊都子の目から見ると、子どもがいないことを除いて、満ち足りて幸せな李王夫妻は、日朝融合のあかしのようなものだ。日本の大きな力が朝鮮を支え、ひき上げてやっている。が、世間はそうは思っていないだろうと守正は言う。

「大宮さんはあのようにご聡明な方だ。あなたの口から李王の内情をお聞きになりたいのかもしれない」

「そんなことを言われましても、私は何も知りませんし、どうお答えしていいのかも……」

「もちろんあなたは、世間話をしてくればいいのだ。ただ大宮さんは、李王のご日常を知りたいのであろう」

おかげですっかり気が重くなってしまった。が、村上開新堂に使いをやり、何本かの魔法瓶にアイスクリームを詰めさせた。伊都子の土産は新しくて気がきいていて、女官たちもいつも大喜びする。

大宮御所に出向き、いつものように長い挨拶をした。

「こんにちは、ご機嫌よう。今日はお暑いことでございます。大宮さんには何のお障りもなく……」

今日の大宮はこのあいだにも増して機嫌よく、アイスクリームを召し上がった。

「ところで」

不意にお尋ねになる。

「李王殿下のお妹、徳恵姫はどうしていらっしゃるのですか。前に何度か、方君さんがお連れになったことがあります。大層可愛らしいお姫さんだったが、もう学習院ご卒業ではないのでしょうか」

「はい、来年の三月、本科をご卒業されます」

実はほとんど出席していなかったのであるが、それを言うことはないだろう。

「姫にはどこぞと何かご縁談がおありなのでしょうか」

「それにつきましては、私もあれこれ思案しているのでございますが……」

「姫は朝鮮の方でなくてはいけないのですか」

「そんなことはありますまい」

実は徳恵の行末について、李王夫妻ときちんと話したことがない。子どもの頃に離れて暮していたため、李王と徳恵姫の間には、兄妹らしい睦み合いが出来ていなかったのである。徳恵が兄として頼りにしていたのは、先頃亡くなった純宗《スンジョン》だけだ。

自分の方がはるかに、徳恵のことを案じている。だから徳恵の未来を決める権利があると、密かに伊都子は思っていた。

「出来ましたら、日本の華族の方がよいのではと思っております」

皇族とは言わない。徳恵の母は宮廷に仕える身分の低い女官であった。そして徳恵自身精神を患っている。何より梨本宮家の女王規子が、伯爵に嫁いでいるのだ。それより上のことはあり得なかった。

「日本の華族でもよいのですね」

大宮は尋ねられた。

「方君さんは本当によくやってくださいました。私は心から感謝しているのですよ」

有難いことですと、伊都子は頭を垂れた。この感謝には、謝罪も含まれているのではないかとちらりと考える。が、もう昔のことだ。

「徳恵姫のこともずっと心にとめておりました。ところで私の里の縁《えん》すじに、対馬の宗武志《そうたけゆき》伯爵という者がいるのだが、おそらくご存知あるまい」

華族の家は千ある。伊都子が全部知っているはずはなかった。

「宗の先々代の妹が九条に嫁いでいます。そのため宗は九条道實が後見人になっているのですよ」

公爵九条道實は、大宮の兄で九条家の当主である。

「宗は今、東京帝大の英文科に通っています。子どもの時に父親に死に別れて、大層苦労しているのですよ」

大宮は多くのことをおっしゃらないが、たいていのことはすぐにわかった。金はまるでないということなのだ。そして結論は李王家の姫を嫁がせてはどうかということなのである。

李王家は天皇家に次ぐ、多額な歳費をもらっていた。年間百五十万という金額に加え、朝鮮本土からも、地代や株の配当がありその額は莫大であった。もし徳恵が嫁ぐことになれば、相当のものが兄から分け与えられるに違いなかった。

「私がまだ宮城にいる時です。宗が成人になった挨拶にやってきました。対馬に住んでいたことがあるので、土産に海胆《うに》を持ってきたのですよ」

何か思い出したのか、大宮はにっこり微笑まれた。

「そこで私は宗に言ったのですよ。せっかく私の実家《さと》が後見人になっているのだから、たまに私のところに手紙を寄こしなさいと。宗は長い手紙をくれるようになりました。その手紙は大層面白くて、皆でまわし読みをしましたよ。ねえ、明石」

緋の袴をつけ、傍に控えていた明石の典侍は、深く頷いた。こちらも唇に微笑を残している。

「宗は歌詠みで、北原白秋の門弟なのです。だから手紙にも時々歌が入っています。私など最近の学生などというものはまるでわからないけれど、宗の手紙で帝大生が大層乱暴だと知りましたよ。皆でお酒を飲んでは、町に繰り出すらしい」

大宮はその若者のことが気に入ってらっしゃるのだと伊都子はわかった。だからこそ真実を言わなくてはならない。

「素晴らしいご縁談と思いますが、大宮さん、ひとつ問題がございます」

「何なのですか」

「徳恵姫は昨年、母親が亡くなってからというもの、頭とお心がお弱さんになられてしまったのです」

「やはりあの噂は本当だったのですか」

ご存知であった。

「しかしご家庭を持たれれば、お心も安らかになられるだろう。今は異国でお寂しいのでしょう」

「今は病院に通われて、かなり回復しているかと。最近はふつうに過ごしておられます」

「案じることはありませんよ。宗という者は、どんな娘でも心を奪われるはずですから」

大宮は今度ははっきりとお笑いになった。

十二

李王家の談話の間で、伊都子《いつこ》は李王夫妻と向かい合っている。

ここは家族だけが寛ぐところで、英国ではモーニングルーム（居間）と呼ばれている部屋だ。明るい色のステンドグラスがここでも使われているが、そう大きな面積でないので落ち着いた空気を醸し出している。それよりも目をひくのは、天井の網代張りと透かし彫りである。和と洋とが実に巧みに調和しているのだ。

暖炉には早くも火が入っており、薪が小さく燃えていた。

「そんなことを突然おっしゃられても」

まず口火を切ったのが方子《まさこ》である。

「徳君さんは、まだ学習院もご卒業ではありませんし」

「いいご縁談があれば、皆さま中退なさるはず。皇族の方で、ご卒業なさった方はそういらっしゃらないはずですよ」

「それはそうですが……」

伊都子はこの態度に不満である。徳恵《トケ》が日本にやってきてからというもの、李王夫妻が心を尽くしているとはどうしても思えなかった。

この五年の間、夫妻は欧州に長い旅に出かけ、帰ってくると、新しい邸宅をつくるという計画に心を奪われていた。心を病んだ徳恵を気にかけていたのは自分で、避暑や避寒にもよく連れていった。日赤の博士に相談し、帝大の精神科を紹介したのも伊都子だ。

その甲斐あって、このところ徳恵の容態は安定をみせている。今、結婚させなかったらいったいいつするのだ、という意気込みで自分はいるのに、肝心の夫妻がまるで乗り気でないのだ。いや、夫妻というよりも、李王がこの縁談を承服しかねているらしい。

「妃殿下」

李王は義母にあたる伊都子をこのように呼ぶ。それは最初に会った少年の日から変わらない。

「徳恵翁主は、父高宗《コジョン》が晩年にもうけた、たった一人の姫です」

いつもは徳君なのに、翁主という朝鮮の正式な呼び方をしたのは、李王の心持ちを示していた。

「李王家の血筋をひくものは、もう少なくなっております。私としては朝鮮のしかるべきところに縁づかせたいと考えておりました」

これはおかしなことをと、伊都子は目を見張る。祖国をとうに離れ、めったに帰国することもない李王が、どうやって妹の相手を見つけるというのだろうか。李王職と呼ばれる事務方が、徳恵の縁談に動いたという気配もない。

「日本人というのがお気に召しませんか。それとも伯爵というのがご不満ですか」

はっきりと尋ねると、李王はさっと顔色を変えた。どちらも図星だったに違いない。が、さまざまな思惑が李王の口を重く閉じてしまう。

日本人と結婚させたくない、といえば、日朝問題の深いところに踏み込んでいくことになるし、伯爵では不足だといえば、義妹の規子《のりこ》の相手はどうだということになるのである。

それを察した伊都子は、このように話を進めていく。

「宗家といえば、海を隔てて、昔から朝鮮と縁の深いところです。徳川の時代は、通信使という者が、朝鮮から日本に渡る際、まず対馬へ行ったと聞いています。その深いご縁をご存知だからこその、大宮さんのお話なのですよ」

「大宮さん」とはっきりと発音した。しかし李王にそれほどの変化は見られず、伊都子は少々腹を立てた。

「宗家は先々代の妹君が、大宮さんの父君・九条道孝さまのところに嫁がれています。先代の宗家の夫人は、いったん道孝さまの養女になっているはず。ですから大宮さんの兄上、九条公爵が宗伯爵の後見人になられたのですよ」

といっても、縁談の相手宗武志《そうたけゆき》は、もともとが市井の裁判官の息子で、父の実家の宗家に行き伯爵を継いだ身ではないかと、李王の目が語っている。

縁談のことはちらっと方子の耳に入れていたのであるが、もう調べはついているらしい。

今まで「妃殿下」「殿下」と呼び合っても、息子のように睦み合ってきた李王が、妹の結婚話によって急に頑くなになってきたのを感じる。

朝鮮での独立運動は、日ましに激しくなってきた。幼ない頃来日した当初、李王は祖国の人々にとって「おいたわしい人質」であった。が、李王が成長し、日本人の女を娶ってからは「国を売り渡した者」とされていることなど、もとより伊都子は知るよしもない。が、李王が次第に葛藤を持ち始めていることは伊都子にもわかる。最後に晴れやかな顔を見たのはいったいいつだったろうか。が、この縁談はどうしても進めなくてはならない。

「すべて大宮さんのおぼし召しなのですよ。畏れ多く有難いことに、大宮さんは徳君さんのことをとても気にかけてくださっている。このお気持ちを大切に汲みとらなければなりません。あなた方のご結婚は、日朝融合のあかしとなりました。大宮さんは、もうひとつのあかしをおつくりになりたいのです」

最後は時代がかった言葉になったが仕方がない、李王夫妻から、はっきりとした賛同が得られないのだ。方子がもう少しこちらの味方についてくれなくてはと、伊都子は不快になってきた。

李王家のために、これほど骨を折ってやっているのだ。立腹のあまり、早めに帰ることにする。

「徳君さんには、おめにかからない方がいいだろう」

立ち上がり、縮緬の胸元に毛皮のストールを巻いた。

「それではあなた方から、徳君さんにしっかりとお話をしてください」

その時方子と目が合った。朝鮮の王世子との結婚を、新聞の記事で見た時、真赤に泣き腫らしていた目。今度は義理の妹を説得することになるのだ。

が、高貴な女たちはみんな同じことをしている。自分も今から三十四年前、母から結婚を言い渡された。そして月日がたち、自分も娘に告げる。結婚はいつでも唐突で理不尽なものだ。しかしそれがなんだろう。自分は少なくとも不幸ではなかった。方子も同じはずである。お国と親が決めたことに、たいてい間違いはないと伊都子は信じているのである。


十一月の初旬、神田錦町の九条公爵邸で、宗武志伯爵と、徳恵との見合いが行なわれた。といっても、これは確認事項といっていい。つき添ったのは李王夫妻である。宗武志自身は本当の両親も、養子先の両親もとうに亡くなっているので、親代わりとして九条道實公爵が隣りに座った。

「徳君さんは、どのようなご様子だったのか」

と方子にさっそく電話で尋ねたところ、

「緊張はしていらしたけれど、最後はお楽しし気でした」

その後、

「伯爵は大層な美男子でいらして」

と小さな声でつけ加えた。

「ほう……」

「こんなことを申し上げるとはしたないのですが、まるで活動写真に出ているような方でした」

「活動写真ですか……」

といっても、皇族である伊都子がそれを見たわけではない。どこかの邸の余興にかかるのは、ニュース映画か、せいぜいがチャップリンぐらいである。が、岡田時彦や長谷川一夫の名前と顔は知っていた。新聞の広告に出ているからである。

伯爵のことをさらに聞きたいところであるが、娘相手にもさすがにそれは憚かられた。

「それでは徳君さんも、ご了承なさったわけだね」

「はっきりとお聞きしたわけではありませんが、帰ってからもご機嫌よくされていらっしゃいました」

伊都子は大宮が口にした、

「どんな娘でも心を奪われる」

という言葉を思い出した。どんな青年なのであろうか。

伊都子の好奇心は案外早くかなえられた。婚約が整った挨拶に、宗武志が李王家を訪れることになり、その場に立ち会うことにしたのである。

家職を従え、部屋に入ってきた武志を見て、伊都子はなるほどと思った。背が驚くほど高い。まるで西洋人のような体つきである。大きな二皮目《ふたかわめ》は甘やかで、確かに活動写真の俳優のようであるが、軽薄さをきりっと薄い唇が救っていた。まだ東京帝大の英文科に通う学生なのである。

彼は梨本宮の妃殿下が同席していることに恐縮しきっていた。宗家はかつて鍋島とも縁があったのである。

今日の徳恵は、四君子を染め出した大振袖に、緞子《どんす》の丸帯を締めていた。来日した当時のちぐはぐなところはまるでない。結婚生活というものも、着物と同じように次第になじんでいくものだと伊都子は考える。日本を祖国とするのと同じように。

「伯爵は帝大で英語をお勉強中と聞いていますが、何をお学びなのですか」

「はい、私は英国の作家を学ぶのではなく、どうしたら異国の者たちが、体系的に英語を学べるかということを研究しております」

「それはよいことですね」

伊都子の声は少々浮いている。

「私も子どもの頃からフランス語を習いましたが、大層苦労いたしました。宮さまと欧州を旅行した時、パリならば大丈夫と思ったのですがまるで通じませんでした。一度ホテルでお湯を持ってきてくれと頼んだのですが、なんと新しい枕が届いたのですよ」

一同は静かに笑った。徳恵でさえ口元に手をあてている。こうした日本風のしぐさも自然に出来るようになっている。

「ところで伯爵は白秋の門下でいらっしゃるそうですね」

「はい、学習院の高等科の時から先生のところに出入りを許されております」

白秋のことを先生と呼ぶのが、伊都子はやや不快である。北原白秋といえば、人の妻と通じ獄につながれたことがある。不逞の徒の本を伊都子は一度も手にしたことはない。

そもそも歌というのは、高貴な者たちの必修とされるもので、たいていが皇室の流れを汲む派を学ぶことになっている。最近流行りの佐佐木信綱も気にくわない。旧派と新しい流れをうまく折衷しただけではないかと思っているのであるが、ここで歌の論争をするつもりはまるでなかった。

「伯爵の歌をぜひ拝見したいものです」

とだけ言っておく。

「とても妃殿下のお目にかけるようなものは」

「よいではありませんか。私も最近の若い人の歌を知りたいものです」

「それでは同人誌に載ったものを、後に送らせていただきます」

「まあ、それは楽しみだこと。ねえ、徳君さんも一緒に拝見いたしましょう」

「はい」

頷いた。顔色もよく、豪華な着物に合わせてひいた赤い口紅もよく似合っている。これならば安心だと伊都子は胸をなでおろした。

「伯爵は何をお詠みになることが多いのですか」

「畏れながら、北原先生には、君は対馬を詠んだものがよい、と言われています」

「対馬ですか」

「はい、私は十歳の時に宗家を継ぐべく対馬へまいりましたが、自然の中で非常に楽しく過ごしました。第二の故郷というべきところでございます」

玄界灘にある、日本でいちばん朝鮮に近い島。その程度の知識しか伊都子にはない。

「そこで七年を過ごしましたが、島の校長のところに預けられ、まるで本当の息子のように育ててもらったのは、有難いことでした。子どもたちとも兄弟のようになり、山や海で走りまわったものです。結婚式が終わりましたら、徳恵さまにもぜひ対馬にご一緒に行っていただき、私の故郷を見ていただきたいと考えております」

そして伯爵は、目の前に座る徳恵に微笑みかけた。誠実なやさしい笑みであった。そのとたん、徳恵の頬がさっと赤くなったのを見た。

ああ、この結婚はきっとうまくいくと、伊都子は小さく息を漏らした。

昭和六年三月、宗伯爵は東京帝大英文科を、徳恵は女子学習院本科をそれぞれ卒業した。

そして五月八日、永田町の伯爵邸で結婚の儀が行なわれたのである。伯爵邸といっても、事務所と自宅が扉ごしにある小さな邸だ。二十三歳の伯爵には、妻の実家の多大なる援助が約束されていた。

そもそも十三年前、十歳の少年が対馬に渡って家を継ぐ際、宗家の経済は破綻しかけていたのである。そのため前には血の繋がらない裕福な養子をもらう案が出ていたほどだ。しかし宗家の血を絶やしてはならぬと島出身の篤志家が莫大な資金を投じ、破産から救ったのである。

午前十一時、ローブデコルテ姿の徳恵は、伯爵家からの使者、松園男爵と共に車に乗る。そして神前における結婚式が行なわれた。この後の宴会では、ウエディングドレスを着た。徳恵は最後まで朝鮮の衣裳を身につけることはなかったのである。

この縁談には李王職の高官たちも関与出来ず、京城から祝賀を伝えることも出来なかった。夕方からの華族会館での披露宴では、梨本宮守正と伊都子、李王夫妻、徳恵の兄にあたる李堈《イガン》、その息子である李鍵《イゴン》が招かれた。九条公爵や伯爵の親族も入れて、五十人という小規模なものである。徳恵の症状を考えて、出来る限り短時間でという李王家側の配慮だったのである。

それにもかかわらず、李王はずっと不機嫌であった。妹のすべて日本式の結婚が意にそわぬのであろうか。三三九度の盃の時も、険しい顔をしていた。自分の結婚の時は、あれほど従順に、梨本宮家の条件を呑んだはずであるが、この変化は気にかかる。

とはいえ、ウエディングドレスの徳恵と並んだ宗武志は、水際立った男ぶりである。彼だったら、どんな相聞歌を詠んだことであろうか、と伊都子は思わずにはいられない。

結婚の時、お互いに歌を交すのは貴族の習慣である。方子の時はもちろん、規子の時さえも、伊都子が添削したものを桐の箱に入れ相手側に持たせた。白秋の弟子でありながら、武志は新妻に歌を贈れない。妻が歌をつくれないからだ。朝鮮にいた頃は詩をつくっていた徳恵であるが、歌はついになじめなかった。

その徳恵は披露宴の間もずっとうつむいている。その様子は花嫁としては何の不思議もないのであるが、病いを知っている者としては気が気でない。気鬱《きうつ》で沈んでいるように見えるからだ。この結婚が嫌なのだろうか。確かに李王家の王女の相手に、伯爵家では見劣りがするかもしれない。古代から日本と朝鮮の交通路にあった対馬である。かつては臣下として朝鮮にも使者を送っていた。

しかし、と伊都子はいくつもの反論をあげることが出来る。

朝鮮という国はとうに日本に併合されている。今は李王家という形式だけが残っているかたちだ。そして李王家は、日本の政府から毎年巨額の歳費を貰っているのである。

しかも徳恵は、身分の低い女官が産んだ娘だ。最初は王族の中に入れてもらっていなかったのに、父の高宗が朝鮮総督府に懇願し、翁主の身分を手に入れたのではないか。伯爵で何が不足だろう……。

こうした感想は方子の結婚の時には持たなかったものである。わずか十一年の間に、朝鮮も日本も、伊都子の心も変化を遂げていたのである。

とはいうものの、李王夫妻の様子が伊都子には気にかかる。無表情な李王の傍で、方子もむっとした顔つきで、料理にもほとんど手をつけない。義姉として、表面だけでも嬉し気な顔が出来ないものであろうか。

「あなた方二人が少しも楽しそうでないので、あれでは徳君さんがお気の毒でした」

次の日電話で小言を告げたところ、実はとうち明けられた。月のものがなく体調も悪い。披露宴の間も、ずっと吐き気と戦っていたというのである。

「すぐに岩瀬先生のところへお行きなさい」

伊都子は電話口で叫んだ。

「今度こそご無事で、赤さんをおあげにならなくてはいけませんよ」

昨年も安定期の少し前に流産してしまった。母と娘でどれほどせつない思いをしたことであろうか。

とにかく大事をとり岩瀬博士の診断をあおいだところ、妊娠三ヶ月で子どもは順調に育っているという。自分でも腹の中に強いものを感じると方子は言った。

よいことはまとめてやってくるものだと伊都子は頷く。この妊娠は、徳恵の縁談に心を尽くした自分への褒美ではないだろうか。

徳恵も幸福な結婚をした。そして方子も子どもを得る。自分がまわりの者たちにした善行は、今こうして実を結ぼうとしているのである。

宗武志と徳恵といえば、手狭な永田町の邸から、かねて新築中の上目黒の邸へと引っ越した。洋館と日本館からなり、広い芝生がひろがる。いかにも新婚の夫婦にふさわしいものだ。

そしてその新しい邸から、二人は新婚旅行へと旅立った。行き先は、武志が愛してやまない対馬の地である。二人は島民から大歓迎を受けた。旧藩主を慕う気持ちは、対馬の人たちはことさら強い。

武志をわが子のようにいつくしんだ、預り先の平山為太郎は、この来訪に感激し滂沱の涙を流し続けたという。自分が心を込めてお育てした〝若殿さま〟は、このようにりりしく立派な当主になり、しかも李王家の王女を妻としたのだ。

盛大な宴が張られ、徳恵は女学校の庭に植樹をした。

「この時は、徳恵さまのご様子には、特別のことがおありではなかったのですが……」

伊都子と方子の前にいるのは、李王家の職員で対馬に同行したものである。自然と漏れ伝わってくる話を確認しようと、今日呼んだのである。

「宿となりました古森家で古森氏、平山氏、そして伯爵家の家令の方々で、お話をしていらした最中、徳恵さまが突然入っていらしたのです」

古森家というのは、対馬きっての旧家で、たいした旅館がない島で滞在中一行の宿舎としたところである。

「その最中、徳恵さまが皆さまにご挨拶もなく突然笑い始めたのです」

「お前はそれを見たのですか」

伊都子が問うと、

「私は別の部屋にいたのですが、あまりに異様な笑い声がしたのですぐに駆けつけました。そうしましたら、その場にいらした方々もなすすべもなく、ずっと徳恵さまを見つめていらっしゃいました」

「異様ですか……」

使用人が主人に対して使うべき言葉ではないが、いちばん適切な表現だっただろう。

「これは現地の新聞に載ったものでございます」

記事の内容は、「宗伯爵、新婚の妃殿下と共に来島」というありきたりなものだ。しかしその写真は二人の目をひかずにはいられない。フロックコートを着た武志の傍に、コート姿にクロッシェ帽をかぶった徳恵がいる。

武志は困惑気味で、憮然として視線を外に向けている。その傍で徳恵は笑っている。写真を撮られる時、高貴な女が歯を見せて笑うことは決してない。何かにはしゃぐように、徳恵は笑っている。こんな笑いをした者を見たことがなかった。職員の「異様な」という言葉はあたっている。自分なら「不気味」と表現するだろう。

「案じることはありません」

職員が帰った後、方子に言い聞かせる。

「きっと徳君さんはお疲れが出たのだろう。私がうまくやります。あなたはお腹の子どものことだけ考えていればよいのですよ」

そうだとも。ここから方子の幸せに綻びが出ることだけはあってはならない。

十三

幸いなことに対馬から帰った後、徳恵《トケ》には目立った変調は見られない。宗と毎日親しく語らっている様子が報告される。詩人である宗は、朝鮮の古歌の解釈を徳恵に聞いたりするという。そして時々は、宗が敬愛する師、北原白秋の作詞した歌を二人で歌うと聞いて、伊都子はほうと驚いたものだ。宗のことをよく知っているとは言い難いが、彼から時々送ってくる歌の同人誌が、伊都子に希望を抱かせる。これほど繊細で心やさしい男が、異国の孤独な姫を捨てるはずがないという思いであった。

からたちの花が咲いたよ
白い白い花が咲いたよ
からたちのとげはいたいよ

青い青い針のとげだよ……

何やら寂しい旋律のこの歌は、規子が娘に歌っているのを聞いて、初めて知ったのだ。規子が言うには、白秋の童謡は、児童雑誌「赤い鳥」によって日本全国に拡がっているという。

十月には李王の甥にあたる李鍵《イゴン》公と松平佳子との結婚披露宴があったが、そこには二人で出席した。宗の傍でつつましく控えている徳恵の写真を見て、伊都子はどれほど安堵したことだろう。豪華なロープモンタントがよく似合い、花嫁の佳子よりも、ずっと美しかった。

李鍵のこの縁談は、李王職が密かに進めたもので、李王家は何も関与していない。しかし直前になって伊都子は、松平家から相談を受けた。王族に嫁ぐために、佳子の身分を華族にして欲しいというのである。

佳子の母俊子は、伊都子の妹であるが母が同じではない。父、鍋島直大《なおひろ》が同居させていた愛妾の娘である。こうした姉妹は、子どもの頃は仲よく交わって遊ぶが、結婚となると大きな差が出てくる。皇族妃となった伊都子と違い、俊子は高松松平支藩の伯爵のまた分家に嫁いだ。夫は爵位のない海軍大佐である。

こうした家の娘たちは、学習院では学ばず、東洋英和女学校や三輪田高等女学校といったところに進む。学習院は庶子も正統でない家の子女も差別しないところであるが、生徒たちの間に微妙な空気がある。佳子はそれを嫌ったのだろう、渋谷の実践女学校を卒業していた。

姪ということになるが、親しいつき合いはまるでない。秩父宮妃となった、妹信子の娘、勢津子とは違う。しかし李鍵公と結婚するにあたり、どうにかしてほしいと、母の俊子から懇願されたのである。

本来ならば、鍋島家に頼むべきであるが、当主である伊都子の兄がいい顔をしなかったらしい。

「どうせ結婚前のいっときだけのことではないか」

と伊都子は承諾し、娘の規子に命じた。

「佳子を、そちらの広橋伯爵の妹ということにしておあげなさい」

「おたあさまの、またお節介が始まった」

と規子は顔をしかめた。

「佳子さまは、少々派手な方でいらっしゃるという噂ですよ」

「まあ、乗りかけた船ではありませんか」

伊都子は、母になってからというもの、すっかり気が強くなった娘をたしなめる。

「あなたも李王殿下が義理の兄上になったからには、李王家の方々のために尽くさなくては。殿下の甥御殿に、無爵の娘では外聞が悪いだろう」

「そこまでして、日本人と結婚されて、李鍵公はよろしいのでしょうか」

この頃規子は、母親に向かってずけずけとものを言う。昔からお転婆な娘であったが、母親となってからは、皇族妃の母に対しても容赦がない。伯爵とは名ばかりの、いち官吏の妻となった規子は、今は世間の風を伊都子に伝える役割を果たすようになった。

「朝鮮の方々は朝鮮の人と結婚するのがいちばんよいと、このあいだもどこかの博士が新聞に書いていました」

「そのようなことを……」

「世の中は大変な不景気ですから、李王殿下にあれこれ言う人も出てくるのですよ。どうしてあれほどの金を、朝鮮人に遣わなくてはならないのかと」

「なんという不敬をあなたは言うのですか」

「私が言っているのではありません。新聞に書いてあったのです」

「このあいだも奉天で、支那の軍人が鉄道を爆破したではありませんか。こんな怖しい世の中になって、朝鮮も支那も日本と一緒に心をひとつにしなくてはならない。あなたも梨本宮の王女と生まれたからには、まずはお国だいいちと考えなくては。まあさんをお助けするのがつとめですよ」

とさんざん説教をして、承諾させた佳子の入籍である。これについて、李王夫妻から格別の礼はなく、

「まあ、なんと呑気な人たちであろう」

と伊都子は内心呆れてしまった。鍋島の武士の娘だった自分とは違い、方子《まさこ》は皇族の女王として育っている。気配りというものは、下々の者たちの特性としても、何かひと言あってしかるべ

きではないか。そもそも徳恵の結婚生活に気をもんでいるのは伊都子一人である。李王も拡大する中国との戦争に、将校として何かと忙しい。妹のことなど眼中にないようだ。

とは言うものの、来たるべき出産に向けて、

「すべてそちらに専念しなさい」

と強く説いていたのは伊都子である。何度か流産を重ね、方子は三十を過ぎていた。後のわずらわしいことは、すべて引き受けると言ったような気がする。だから徳恵のことも、李鍵公のことも仕方ないことかもしれない。

そして李王家、梨本宮家、両家が息を詰めて見守る中、方子の陣痛が始まった。そして昭和六年ももうじき終わるという十二月二十九日、方子は無事男の子を出産したのである。

十年ぶりにわが子を抱きしめ、寝台の上で方子はひたすら涙を流し続けた。傍に立つ李王も目頭をぬぐっている。

伊都子はさっそく赤ん坊を抱きしめる。やわらかく温かい生きものの感触に酔っていると、半身起き上がった方子がおごそかに言った。

「二十九代の李王家の王がやっと誕生いたしました」

瞬間伊都子は不思議な心もちになる。方子がそのように考えているとは思ってもみなかったのだ。

李王朝など、とうになくなっているではないか。朝鮮という国は、併合という名目で日本の植

民地となっている。李王家というのは、形だけ残り、皇室のすぐ下に遇されている一族である。が、自分はそれでもよいと思った。国などなくても、李王家は自分たち皇族と同じように、いや、それ以上の富と待遇を得ているではないか。それをよしとして、自分は方子を嫁がせたのである。方子も同じような気持ちでいると考えていたが、この「二十九代の王」というのは、いったいどうしたことであろうか。李王は今や、即位の儀礼ひとつない王なのだ。

もしかすると欧州旅行での噂は本当なのだろうか。

昭和二年から三年にかけて、李王夫妻は欧州訪問の旅に出た。この際、まず上海に上陸するはずだったのだが、李王を拉致する計画があかるみに出て、急きょ軍艦に移り一泊したのだ。朝鮮独立運動家たちが、かなり綿密な計画を練っていたと言われている。

日本でもかなり信憑性のある話として伝わり、帰国した方子に問うたところ、

「新聞記者たちが勝手なことを書いたのでしょう」

とそっけなかった。

が、もしかすると、方子は今朝鮮で起こっている政治的なうねりを、どこかで感じているのかもしれない。そうでなかったら、「二十九代の王」という言葉が出るはずはなかった。

しかしそれは伊都子の杞憂だったと知る。その後方子は何の疑問を持つこともなく、玖《ク》と名付けたひとり息子を、日本の皇室の中に組み入れていったからだ。

半年後の六月一日、方子は玖を初参内させる。玖を抱いて車に乗り、宮城《きゅうじょう》へと向かった。そこ

では天皇皇后両陛下、大宮たちが待っておられた。特に大宮のお喜びはひとしおで、

「まあ、なんと可愛い御子だろう」

と抱いて頰ずりなさったという。そして、方子は大宮から、

「あなたもご苦労なさったが、男児を授かり、これでお家も安泰だ」

という言葉を賜ったのだ。それを聞いた伊都子は、同席していた皇后良子《ながこ》の心中を考えずにはいられない。皇后はたて続けに四人の女児を産んでいるのだ。「おんな腹ではないか」という言葉は、かなり公然とささやかれていたし、中には「側室を」と勧める重臣もいるという。

しかし陛下は、

「うちには秩父宮もいるし」

と全く意に介さないご様子だ。

女二人しか産めなかった伊都子にとっても、皇后の件はひとごとではない。夫守正をもって梨本宮家も終わりを告げるのだ。が、伊都子は、孫がいずれ、朝鮮の王になるという考えはまるでなかった。朝鮮の王室はもうこの世にはない。残っているのはただの形だけだ。しかしこの形に、多くの富と名誉が与えられるのだ。それでいいのではないかと、伊都子は心から思う。

たとえ形だけの王世子《おうせいし》であっても、玖は紀尾井町の広大な屋敷で、王子のように暮らしているのである。

朗報が届いた。

玖の初参内から二ヶ月後の八月十四日、徳恵に女児が誕生したのである。同じ年に結婚した李鍵夫妻にも男児が生まれたのであるが、奇しくも同じ日であった。

伊都子は胸を撫でおろす。今や伊都子の人生哲学ともなっている、

「案ずるより産むがやすし」

はこれで証明されたのである。

大宮も宗と徳恵の結婚にはご心配されていたので、顔を見せにくるようにと命があった。御所の帰り、夫妻は梨本宮邸を訪れた。正恵《まさえ》と名づけられた娘は、つぶらな瞳が徳恵にそっくりである。

「なんとよい子をあげられて」

さっそく抱き上げる。

「大宮さまにも、妃殿下にも抱いていただいて、なんという幸せな子どもでしょうか」

宗も笑顔を隠さない。歌だけでなく、油絵もたしなむ彼は、わが子の顔を飽かずスケッチするという。

「そうでしょう。こんなにお可愛らしくては、絵も描きたくなることでしょう」

「京城でも正恵の誕生を、祝っていただきました。尹妃《ユンピ》殿下からは、それはそれは見事な小さなチョゴリをいただきました。素晴らしい色彩と刺繡に見惚れました」

宗が純宗《スンジョン》の未亡人や、朝鮮の文化に敬意をはらっているのが嬉しい。時々送ってくれる手紙や同人誌を読めば読むほど、知性に溢れた優れた青年だとわかる。大宮が好意を持つのも無理はなかった。

が、伊都子は、結婚当初の宗の苦しみを知っている。自分の妻が精神に異常をきたしていると知った時、宗は救いを求めて懊悩したのだ。宗教や哲学の本を、片っぱしから読んだとも聞いた。結果的に彼を今の境地に導いたのは、廣池千九郎《ひろいけちくろう》という学者との出会いであった。自分の生きる範囲の中で、正しく規律を持ち内面を磨くという精神道徳に、宗は深く共感したのである。今、彼の行なう講演会にも同行しているほどである。

一方、徳恵の顔色はさえない。伊都子が何を話しかけても、はい、いいえ、と答えるばかりである。が、辻褄は合うので、これでよしとすべきであろう。

「子どもというのは、本当に有難いものです」

伊都子は徳恵に言い聞かせるように話し出した。

「徳君さんがいらした頃、紀尾井町は大人ばかりで静かだったでしょう。それが今、乳母や看護婦などいっきに人が増えて、それはにぎやかになりました。玖《きゅう》ちゃんはそろそろおいたをなさるので、邸中に笑いがたえませんよ。まあさんもいっきに明るくなられて、大層お忙しい。李王殿下はまたカメラに凝られて、家にいらっしゃる時は、ずっと玖ちゃんを撮られているそうです」

「妃殿下は、若君さまをきゅうちゃんとお呼びになるのですか」

「そうですよ、正しくは〝ク〟とお呼びするのですが、私は日本風にキュウちゃんと呼んでいます。まるで九官鳥のようだと、まあさんは嫌な顔をされるけれど」

ここで初めて徳恵が微笑んだ。淋し気な笑いであったが、異様な高笑いよりもずっといい。乳を与えるために、看護婦と一緒に別室に下がった時だ。伊都子は宗と二人きりになった。

「本当のところはどうなのですか」

「はい、このところはかなり落ち着いております。正恵の世話で気が晴れるのでしょう」

「それはよかった」

「大宮さまにも妃殿下にも、大層ご心配をおかけしております。私も朝鮮の王女を妻にいただいた限りは、どうにかして幸せにお過ごしいただきたいと、そればかりを考えております」

かすかに目を伏せると、女のように長い睫毛が影をつくった。これほどの美貌の男は、皇族はもちろん、華族中探しても他にいないだろう。どんな娘でも結婚したがったに違いない。それなのに自分は、彼に病んだ娘をめあわせたのである。

「宗伯爵は――」

思わず声が出た。

「私に騙されたと、内心お考えになっているのではないですか」

宗は目を見開く。まるで意味がわからないというように。

「妃殿下が、私を騙す、などとそのようなことを……」

「妃殿下が」は、正しくは、「妃殿下と大宮さまが」であるが、そのようなことは口に出せるはずもなかった。

「徳君さんのご病気を、あなたに黙っていたことです。あなたにお知らせすべきだったのですが、私は隠しておりました」

これも、「私は」ではなく、「私たち」であるが、このうえなく高貴な方は、口の端にのぼせることとさえ出来ない。

「しかし、徳君さんはお母上がお亡くなりになり、病まれたのは一時的なことと私は考えていたのです」

「心を決めたのは私です」

「しかしあなたは断わることが出来なかったのではありませんか」

なぜだろう、この美しい青年を前にすると、残酷な言葉が次々と出てくる。

「あなたは、徳君さんと結婚なさらなかったら、もっと幸せにお暮らしになれたはずなのに。そうお思いになりませんか」

謝りはしない。ただ相手の反応を見たかったのである。

「私は後悔をしたことなどありません」

宗はきっぱりと言った。

「妻を初めて見た時、あまりにもおさみしそうで、私が幸せにしたいと心から思いました。もし妃殿下が、妻をさみしそうだとご覧になったら、それは私の責任でしょう。今私たちには娘がおります。これで妻もすっかり元気になってくれることと信じております」

「そうですね。そうでしょうとも……」

遠くの方で歌声が聞こえてくる。子守唄だ。徳恵の声であった。

ゆりかごのうたを
カナリヤがうたうよ
ねんねこねんねこねんねこよ

ゆりかごの上に
びわのみがゆれるよ
ねんねこねんねこねんねこよ

「北原白秋先生がおつくりになった、子守唄です」

宗が嬉し気に微笑んだ。

「今や日本中の母親が、この歌を歌って子どもを寝かしつけているはずです。正恵の誕生の祝いに、北原先生からレコードと、この詞を書いた色紙をいただきました。それで妻も正恵を眠らせようとする時、いつもこの歌を歌うのです」

「そうですか。なんと綺麗な歌でしょう」

そしてなんと哀しい歌だろう。北原白秋のつくる詩は、童謡でもどうしてこれほど悲し気なのだろうか。

「とにかく私どもは、幸せにやっております」

宗は頭を下げた。


しかしそれからいくらもたたないうちに、伊都子は李王家の職員から、徳恵の症状が悪化したことを聞いた。

「お子さまがお生まれになったことで、体の変調が始まり、それがよくない方にいったようでございます」

いつもの帝大の博士の診断によると、こうした病気は、好転したように見えて、実は何かのきっかけでたやすく再発するというのだ。

「それで徳君さんはどうなさるのか。ご入院なさるのか」

「いいえ、伯爵さまが、正恵さまがいらっしゃることですし、おうちで療養するのがよろしいかと。離れに病室をつくられました」

「徳君さんは、このあいだまでお健やかにお暮らしではなかったか」

「はい。それがある日を境いに、少しずつ話もされないようになられ、正恵さまを見てもどなたかわからないようにおなりです」

「母親がわが子をわからないなどと、そんなことがあるわけがない」

伊都子は声を荒げた。すぐに方子のところに電話を入れたがらちがあかない。方子は歩き始めたわが子に夢中で、精神に異常をきたした義妹のことなど、まるで眼中にないようであった。

「一度見舞ったらどうですか。日本にいらっしゃる間は、あなた方が親代わりであろう」

陸軍歩兵中佐となった李王も、最近は留守がちだという。まさか皇族妃である自分が、親族でもない伯爵家に行くことも出来ない。やきもきしているところに、宗からいつものように同人誌が届けられた。

狂へるも神の子なれば
あはれさは　言はむかたなし、
魂失せしひとの看取りに
うたかたの世は過ぎむとす。

いろあせぬ黒きひとみに
つね目守《まも》る　まぼろしの影

うつそみの在りかを知らず、
言問へど　こたへぬくちよ。
「答えぬ口よ」という言葉は、あまりにも哀切であった。

十四

梨本宮伊都子《いつこ》妃は、最近苛立つことが多い。使用人は失敗ばかりしてものを壊すし、手持ちの株が下がった。

朝鮮や支那、といった国々が、日本に刃向かうようになったことは驚きである。ロシアや列強から守ってやるために、日本は今までどれだけ尽くしてやってきたことであろうか。そもそも貧しい国の連中が、どうして一等国の日本の言うことを聞かないのか。兵を使って、列車を爆破するなどというのは、「忘恩の徒」と言われても仕方ない。

戦局がさらに悪化する中、伊都子はこんな歌を詠んだ。

「ともすれば　ことあらだつる　北支那の　民のこゝろぞ　あはれなりける」

伊都子の歌は評判がよく、「満州派遣軍の上おもひて」という一連の歌の中から、四首を選んで朝日新聞社が山田耕筰に作曲させた。そしてレコードに吹き込んだのである。

「霜こほる　のべにおきふす　ますらをの　ゆめやすかれと　たゞいのるかな」

「国のため　ゆきに氷に　みをくだく　ますらを思へば　よるもねられず」

実際には、夜眠れないことはなかったが、伊都子の常に充溢しているエネルギーは、どうやら愛国心の方に向かったようなのである。

昭和七年の上海事変の後から伊都子は病院への慰問を始めた。ベッドに正座して待つ傷病兵の間をまわり、ねぎらいの言葉をかけるのである。

中年とはなっているが、美しく気高い皇族妃の訪問に、兵士たちは感涙にむせぶ。そうした様子を見ると、伊都子の心は強く熱いもので満たされるのである。

他の妃殿下たちにも呼びかけて、戦地にいる兵隊たちに慰問袋をつくるようになった。キャラメル一箱を真新しい手拭いで包んだものを五万五千個つくったのだ。この時はさすがに疲れて、侍女に肩をもんでもらったりした。

そんな中、方子《まさこ》から電話がかかってきた。

「おたあさま、このあいだお話しした毛皮屋のことでございます」

毛皮は伊都子の愛するもののひとつだ。銀座の毛皮店で、銀狐の衿巻きや、貂《てん》のコートなどどれほど買ったことであろうか。といっても最近値段はつり上がるばかりだ。もちろん買えないことはないが、妃殿下の被服費は、邸の事務員からすべて宮内省に知らされることになっている。外地での戦況が厳しくなる中、大きな金額を計上するというのもうっとうしいことだ。

方子の話では、李王が北海道視察の時に知り合った樺太の毛皮屋が、素晴らしい商品を格安で売ってくれるというのだ。

「おたあさまがお探しの黒狐も、外套《がいとう》が八十円でいいということです。三越や松屋なら、二百円はするということですよ」

二人は皇族妃と準皇族妃にしては、やや世知がらい話をひそひそとかわした。

「わかりました。それならば、その毛皮屋に来週にでも来るように伝えなさい。高崎に言っておきます」

ところでと問うてみる。

「徳君さんのお加減は、どうなっているのですか。正恵《まさえ》ちゃんはお元気でおすごしなのだろうか」

「そのことですが……」

方子は語尾を濁した。

「私も最近は、あちらに行っていないのですよ。たまに宗伯爵からお電話をいただくぐらいで」

「それで、伯爵は何とお言いなのか」

「お話によると、徳君さんはお加減のよろしい時は、ふつうにお話しになるけれども、そうでない時は……」

「そうでない時は……」

「何日間もじーっと黙りこくってしまわれるそうです」

徳恵《トケ》の大きな瞳を思い出した。もし喋べらないとしたら、さぞかし寂し気に見えることだろう。

「お子のことはおわかりなのか」

「正恵ちゃんの名をつぶやかれることもあるけれど、前に連れてきても誰だかわからないこともあると」

「なんとおいたわしいことか……」

伊都子はため息をついた。

「医者にはちゃんと診てもらっているのですか」

「伯爵がおっしゃるには、格別診察は受けていないけれども、指圧師が来ているそうです」

「指圧師など何の役に立とう」

日頃から日赤と親しく、看護の講習を受けている伊都子は、つい大きな声をあげた。

「きっと世間体を気になされて病院に連れていかないのですよ」

そう決めつけた後、あの宗武志《たけゆき》がそんな男だったろうかと考える。何か深い意味があるに違いない。

「あなたは義理とはいえ姉ではありませんか。徳君さんが日本で頼りにする身内なのですよ。どうして親身になってめんどうをみてさしあげないのか」

「おたあさま、そうおっしゃられても」

方子にしては珍しく反撃に出る。

「私は玖《きゅう》ちゃんのことで忙しいのですよ」

「あなたのところには、看護婦や乳母が何人もいるではありませんか。たまに徳君さんのところへ行くのに何のさしつかえがあろう」

「私は玖ちゃんとかた時も離れたくはないのです。とにかく今は、玖ちゃんのことしか考えられません」

玖《ク》という名前を、玖《きゅう》ちゃんというのを嫌がっていたくせに、いつのまにかそう呼ぶようになっている。最初のわが子を毒殺されたと信じている方子は、その時宮殿にいた、ということだけで徳恵に対して複雑な思いを抱いていて、それはまだ消えてはいないのである。

「李王殿下は何とおっしゃっているのか」

「それでも構わないということです」

十年ぶりにやっと愛児を得て、呆けたようになっている李王のことを思い出した。家にいる時は片ときもベッドの傍から離れず、泣いたと言ってはあやし、笑ったといってては手を叩き、その合い間にカメラをまわす。その溺愛ぶりは、日本の親子関係を見ている者からは異様とも見える。特に高貴な者たちは、もっと節度をもち距離を置いて子どもと接しているからだ。西欧風に仲がよかった梨本宮家においても、父親が娘を抱き上げたことなどほぼなかったし、自分も数えるほどしかない。方子にも規子《のりこ》にも、ひとりひとり乳母がついていた。

伊都子から見ると、李王夫妻はひたすら、自分たちだけの世界に入り込み、その幸せに酔っているように思われる。

「玖ちゃんも大切だけれど、もっと徳君さんのことをお考えなさい」

きつい言葉で諭した。そして娘を説得するには、もっと功利的な言葉の方がいいのではないかと判断する。やや声をひそめた。

「あなたはお気づきにならないのですか。徳君さんをきちんとお治ししてさし上げないと、玖ちゃんの将来の障害になるのですよ。玖ちゃんと徳君さんは甥と叔母の間柄ではありませんか。もしおつむが弱い、という噂が広まったら、玖ちゃんの将来の縁談にもさしつかえるのですよ」

「おたあさま、玖ちゃんはまだ数えで二歳ですよ」

「何をおっしゃるのか。天皇さんは十歳の時から、もうお妃候補が選ばれていたのですよ」

あなたもその一人だったのです、とはさすがに言わなかった。

「玖ちゃんもあっという間に大人になられる。そのためにも身内に心をくばりなさい。玖ちゃんには素晴らしいお妃がくるようにしないと」

ああ、その日が早くこないものかと伊都子は微笑んだ。子どもたちの縁談には心をすり減らしてきたが、孫ならさぞかし楽しかろう。自分がありとあらゆる手を尽くし、皇族や華族の中から最高に美しく賢こい姫を選べばいいのだ。その前にこの戦争が終わってくれなくては。支那の兵士たちは、しつこくしつこく日本に向かってくるので本当に腹立たしい。

「いいですね。まあさん、もっとお気持ちを広くお持ちなさい。すべては玖ちゃんのためなのですよ」

しかし伊都子の願いとは裏腹に、事態は悪くなるばかりである。「非常時」という言葉が頻繁に使われるようになり、昭和八年八月には帝都で防空大演習が行なわれた。

といっても、伊都子の生活がそれほど変わるわけではない。冬になると伊都子は、自慢の黒狐のショールをまとって歌舞伎見物に出かける。少し前まで皇族妃が、歌舞伎見物などというのは許されることではなかったが、世の中がすべて簡略化された今では、お付きの者と護衛の警察官だけで気軽に出かける。伊都子は市村羽左衛門を贔屓にしていた。羽左衛門は混血の噂がある美男子で、色悪の立役をすると全身から色気がにじみ出た。

羽左衛門には一度も会ったことがないが、歌舞伎座に行く切符は手に入れていた。よろしかったら羽左衛門の楽屋に案内したいという、松竹の社長からの電話があったのである。

その十二月二十三日の朝六時三十九分、伊都子はサイレンの音を聞いた。正座して聞く。良子《ながこ》皇后の臨月が近いのは知っていた。が、これまでの四人のお産はすべて、サイレンは一回だけであった。内親王だったのである。

どれほどの苦悩を皇后が抱えているか、伊都子にはたやすく想像出来た。皇族も養子は認められないため、男子のいない梨本宮家は将来廃絶となるのである。が、まわりからそれほどの圧力も惜しむ声もなかったのは、梨本宮家が明治になってできた宮家だったからだ。しかし皇室は違う。二千六百年続いている神の家系なのである。もし皇后に親王が生まれなくても、弟の秩父宮も高松宮もいるではないか、と天皇はおっしゃったというが、この二つの宮家にもまだ子どもがいない。姪の勢津子《せつこ》が秩父宮妃になって五年になるが、未だに懐妊の兆しがなく、伊都子は大層案じているのである。

今度もまたサイレンが一度だけだったら、皇室は大変な危機を迎えることになるはずだ。目を閉じ、手を合わせて伊都子はサイレンを聞く。

ウ〜〜。

サイレンはいったん終わり、伊都子は息をつく。そのとたん、サイレンはもう一度鳴り始めたのである。

ウ〜〜〜。

二回めはいつまでも東京の空に鳴り響くかと思われた。急いで廊下に出ると、ガウン姿の守正《もりまさ》が自分の寝室から顔を出した。

「お聞きになられましたか」

「うむ」

階下でも使用人たちが騒いでいる。そのうちに宮内省から守正に電話がかかってきた。

「親王御誕生」

朝の十時、正装した二人は参内のために宮城《きゅうじょう》に向かったが、二重橋にはもう大勢の市民がつめかけていた。どこで手に入れたのか、たいていのものが小さな日の丸の旗を手にしている。そして次々と万歳三唱が起こる。

「親王殿下、御誕生、万歳ー！　万歳ー！　万歳ー！」

御座所では天皇陛下が、皇族からのお祝いをお受けになった。もう親王殿下とは対面をお済ませになったという。いつも感情をそうお見せにならない天皇が、柔和なお顔をほころばせていらっしゃることに伊都子は心をうたれた。

その後は大宮御所に向かう。大宮はいつものように高い衿の紫色の洋服をお召しであった。お祝いを申し上げると、

「これでやっと私も安堵しましたよ」

とお笑いになった。その目の下に、黒い隈が出来ているのを、伊都子は見逃さなかった。おそらく夜を徹して、報告をお待ちになっていたのだろう。五人めももし内親王だったら、という不安と戦っておられたに違いない。皇后は〝おんな腹〟ではないかと、専らの噂であった。

寿ぐ気持ちに偽りはなかったが、伊都子は、四人めの内親王ご誕生の知らせを聞いた時、ふと不らちな考えが頭をよぎった。

方子ならばとうに男児を産めたのに。

最初の子どもは、不幸な事件ですぐ死んでしまったが、結婚早々、方子が丈夫な男の子を産んだのは確かなのだ。良子皇后は、これからもずっと内親王ばかり産み続けるかもしれない。そう

したら大宮はどんなことを思われるのか。ちらりとでも、梨本宮の方にすればよかったと後悔されるのか……。

大宮はそんな伊都子の内心を見透かしたかのように、こんなことをおっしゃった。

「が、もっと良子の方が安堵していることでしょう。良子も今度こそと思いつめていましたからね」

そうでしょう、と言う替わりに、伊都子は深く頭を下げた。今は祝う気持ちしかわき上がらない自分に安堵して。

親王は「明仁・継宮《つぐのみや》」と命名された。二十九日には御命名の儀が行なわれ、人々は日比谷公園に集まり万歳の声をあげた。再びサイレンと祝砲。

伊都子たち皇族は参内して、眠っている親王に対面した。目のあたりが良子皇后によく似ておられた。控えの間ではシャンパンがふるまわれ、皆大層陽気になった。

親王がお生まれになったことで、皇族たちも自分たちに何の波乱も起こらない、ということがわかったからである。

皇太子御誕生が暮れの押しせまった時だったので、日本国民の歓喜のまっただ中、昭和九年が始まった。

この年は満州国にいよいよ帝政が敷かれ、愛新覚羅溥儀が皇帝となった。かの光緒帝の甥を関東軍は故宮から連れ出し、突然別の帝国をつくったのである。

そして伊都子を驚かすある出来ごとが起こった。日本の女性が、エチオピアの王子と婚約したというのである。たまたま来日した王家の一族の青年が日本を大層気に入り、ぜひこの国の女性と結婚したいとまわりに漏らした。それを聞きつけた朝日新聞が「お妃募集」と書いたところ、ある華族の令嬢が応募してきた。この娘が宗武志の姪というのだから伊都子は呆れてしまった。しかも二人ともすっかりその気になったという。しかし、エチオピアに権益をもつイタリアが大反対をし、日本の宮内省も大層困惑しているうちに破談となった。

これをまた新聞が面白おかしく書き立てるので、伊都子はすっかり嫌な気分になる。なんと軽率な娘であろうか。

国際結婚をそれほど軽く見られては困る。高貴な者同士の結婚は、国と国との結びつきなのだ。最近そのことをひしひしと感じる。

十八年前、方子の結婚相手に朝鮮の王世子《おうせいし》を選んだ時、伊都子の頭の中には「日朝融合」などという言葉はほとんどなかった。しかし今となってみると、自分はなんと大層なことを成し遂げたのだろうかと思わずにはいられない。

このところ日本への風あたりは強く、支那はおろか、朝鮮全土でも大規模な反日運動が行なわれている。居留地の日本人を、女子どもまで皆殺しにする事件が報じられた時、伊都子は身震いした。

かつて伊藤博文は、年間三千万も朝鮮のために遣ったのだ。ろくな学校もなかった国に、小学校から大学まで数多く建て、鉄道を通し、街をつくってやった。そのために朝鮮の人口は飛躍的に伸びたのだ。誰もが知っていることである。それなのに伊藤博文は、朝鮮人によって殺されてしまった。なんという恩知らずな国民であろうか。それでも日本との併合という形を保っていられるのも、李王がこの国にいるからだ。日本人の妃を娶っているからである。が、そのために身内は苦労が多い。

日本人が朝鮮人に殺される事件が起きると、李王家はおろか、梨本宮家にも脅迫状が舞い込んだりもする。そんなことも知らずに、エチオピアの王族に嫁ごうなどとは、なんと軽々しい行為であろうか。

「だいいち言葉も異なる黒人共のところへ行って、どうするつもりなのだろうか」

ひとり毒づいた伊都子が、さらに憤然とするような出来ごとがあった。李王の甥にあたる李鍝《イウ》と、朝鮮の政治家の娘朴賛珠《パクチャンジュ》とが突然結婚したのである。李鍝は李王の兄である李堈《イガン》の次男である。長男は先ごろ松平佳子と結婚した李鍵《イゴン》だ。温和な兄の李鍵と違い、李鍝は父譲りの強い気性で知られていた。父と同じように、日本のことを快く思っていないことも伝わってくる。それにしても、李王職も承諾しない突然の婚儀はあまりにも非常識というものだ。

「あなたは聞いていたのですか」

つい方子を責めることになる。方子は母の見幕にしどろもどろになった。

「お二人は幼な馴じみでいらして、昔からよくご存知の仲だったとか。そして結婚のお約束も早くからなさっていたということです」

贇珠の祖父は名門の貴族であるが、それでもその孫との結婚は、大きな妨害があるに違いないと、李鍝らはこっそりとことを進め、朝鮮のしきたりどおりの式を挙げたのである。

「殿下もこのことを直前までご存知なかったのです」

が、二人の結婚を聞いた李王は大層喜び、電話口で泣いていたという。

「それでは私の立場をどうお考えなのか」

つい荒い声が出た。

「兄君の李鍵公の時は、松平佳子が無爵の家の娘だから、なんとかしてくれと私に泣きついてきたではありませんか。松平の母は私の妹といっても、父の愛妾の娘ですよ。しかし私は何とかしてやろうと思って、鍋島の兄に頼みました。けれども断わられ、最後は広橋伯爵に頭を下げて養女にしてもらったのですよ」

広橋伯爵というのは、娘の規子の夫である。伯爵といっても一官吏に過ぎない広橋のために、伊都子は規子にたっぷりの化粧料を毎月送ってやっている。それゆえに唐突な要求がかなったのだ。

「それもこれも、すべて李王家、あなた方のためにやってあげたことではないか。それなのに今度は、自由結婚で朝鮮人同士結婚して、こちらには知らん顔なのですか」

李鍝とはそう親しいわけではないが、もし本人や李王職から頼まれたら、日本のめぼしい娘を探してやるつもりもあった。李王一族の王子や姫たちを次々と日本人と結婚させ、両国の絆を強くしていく。それが李王と方子にとって、いちばんよい道だと伊都子は信じているのである。

「朝鮮人というのは、なんと勝手な人間であろうか。日本の学習院や士官学校で学ばせてもらいながらこんな仕打ちをするとは」

言いかけてはっとする。可愛くてたまらぬ孫の玖にも半分、朝鮮人の血が流れていることに気づいたからである。それは方子も同じだったろう。

「おたあさま、どうか朝鮮の人たちのことを悪くおっしゃらないで。玖ちゃんが可哀想です」

「ああ、そうでしたね」

伊都子は自分を宥め、話はいつしか玖の誕生日会のことになった。ひとり息子の玖が四歳の誕生日を迎えるにあたって、祝いの会が計画されているのだ。

といっても李王に身内が大勢いるわけでもなく、招待客のほとんどは、方子側の親族ということになる。それでも東京會舘からコックを頼んだり、手品師を呼んだりと大がかりなことになりそうだ。

「その日は宗伯爵と正恵ちゃんもお招きしています」

「徳君さんはいらっしゃらないのか」

「まだお加減が本調子ではないようです」

いつまでもそんな状態を続けるのかと無性に腹が立ってきた。この頃は同人誌も送られてこない。宗武志は伊都子と少しずつ距離をとるつもりらしい。

当日、宗武志は正恵の手をひいて車から降り立った。玄関のところで正恵はもじもじとしている。

「あまりにも立派なお邸なので、とまどっているのでしょう」

宗は笑った。

「お父さま、ここはお城なの」

「そうだよ。さあ、王子さまのところにご挨拶に行こう」

目を見開く正恵は父親似で、早くも端整な美貌が見てとれた。玖よりひとつ下だから三歳になる。ビロードの赤いワンピースが愛らしい。手には贈り物らしい絵本の包みを持っていた。

「宗伯爵、久しぶりではありませんか」

かすかに皮肉をこめて伊都子が声をかけると静かに頭を下げた。

「妃殿下、ご無沙汰ばかりして申しわけございません」

「それよりも徳君さんはお元気なのか。どうおすごしなのか」

「ご存知かとは思いますが、妻《さい》は今、夢うつつの中をさまよっております」

「医者にちゃんと診せているのですか。場合によっては、入院もお考えではないのか」

正恵はとうに、子どもたちの輪の中に入っていったので、伊都子は口早に質問する。

「畏れながら、妻と約束したことがございます。娘に病人の姿を見せたくない。どうぞこのまま、ふつうに暮らさせて欲しい、ということでした」

「そうはいっても、病気の人をほっておくとは、あまりにも無責任ではありませんか」

「一度電気ショック治療などされて、それですっかり懲りてしまったようでございます。狂ったなら狂ったでいい、別の世界で静かに暮らさせてほしいと」

それにしては宗の顔は晴れやかであった。色艶もいい。

「私も別の世界を見つけました。今、廣池千九郎先生がおつくりになった塾で、道徳を教えております」

「まさか、おかしな宗教に入ったりしていないでしょうね」

先日も大本教というところの教祖が逮捕されたばかりだ。

「まさか。廣池先生の教えは、宗教などはるかに越えています。深い精神世界を持ち、自分が正しく生きていけばそれでよい、ということを教えてくださいました。それで私は救われたのです」

伊都子は目の前の美しい青年が、まるで理解出来なくなってきた。精神を病んだ妻を抱え、この清々しさはどう言ったらいいのだろうか。

やがて広間に宗は立った。

「お祝いに歌を歌わせてください。私の恩師、北原白秋先生の歌です」

あの悲し気な歌だ。

「からたちの花が咲いたよ

白い白い花が咲いたよ」
北原白秋など伊都子は嫌いだった。それなのにこの歌はなぜか憶えてしまった。
「からたちのそばで泣いたよ
みんなみんなやさしかったよ
からたちの花が咲いたよ
白い白い花が咲いたよ」
ああ、宗はどこか遠くに行こうとしていると伊都子は思った。

十五

〝聖戦〟はすぐに終わるはずだったのに、それどころか大陸に拡がって、あちこちで血なまぐさい戦闘が行なわれていた。

これもすべて「わからず屋の支那」のせいだと、梨本宮伊都子《いつこ》妃は憤ったものだ。しかし胸のすくようなことが起こった。ついに南京が陥落したのである。

新聞によるとたび重なる南京の中国軍からの挑発に、本日十二月十日正午までに降伏をしなければ総攻撃をすると、日本軍司令官は通告をした。しかしあちらからは何の返事もなく、発砲してきた。ゆえに日本は「とうとうなさけもうちすて」攻撃を開始したのである。その結果、南京の城門はすべて開かれ、日章旗が高く掲げられたのだ。

この昭和十二年十二月十日のことを、伊都子は誇らしく日記に記したが、興奮していたのは彼女だけではない。朝から靖国神社に人は押しかけ、夜は提灯行列のあかりが、いつまでも宮城《きゅうじょう》前を照らした。

梨本宮守正王もさっそく宮中に参内しお祝いを申し上げた。これで少しは陛下におわびすることが出来たのではないかと、伊都子は心から安堵した。

昨年の二月二十六日、青年将校たちが決起する大変な事件が起こったのだ。首相をはじめとする政府高官を次々と襲い、大蔵大臣、内大臣らが殺害された。首相官邸に立て籠もった彼らはなかなか降伏せず、東京には戒厳令が敷かれたのである。

この事件の責任をとろうと、元帥であった守正は陛下に辞意を申し出た。しかし陛下は寛大なお心で、

「これからも陸軍のために尽くしてくれ」

とおっしゃったのである。それを聞いて、守正も伊都子も涙したものだ。今度の南京大勝利によって、陛下のお気持ちも少し晴れたに違いない。

とはいうものの、蔣介石はなかなか降伏せず、北からはソ連がじわじわと狙っている。戦争はもはや日常となり、祭りやさまざまな行事は中止となっていく。

伊都子たち皇族妃は、皇后のおぼしめしにより、全国各地の病院を慰問することとなった。ま

すます増えるばかりの傷病兵を力づけようというお考えだ。

伊都子に割り当てられたのは、大分、福岡、佐賀の三県である。当然のことながら、佐賀で伊都子は大歓迎を受けた。どこへ行っても日の丸を持った人々が集まり、中には涙ぐんで拝む年寄りさえいる。鍋島出身の気高い皇族妃は、佐賀の人々の誇りなのだ。

それはいいとしても、あまりにもあわただしい日程で、小倉をまわり富士号で東京駅に着いた時は、伊都子はぐったりとしてしまった。

「ありがたい御用だけれど、あまりにもせわしなくないかね」

と侍女に愚痴ったほどである。

しかしさらに御用は重くなる。その二ヶ月後、伊都子ら皇族妃は、台湾、朝鮮といったアジアの植民地を慰問することになった。伊都子の担当する地域は、旅順と大連といった関東州である。伊都子はここで、満州の発展をまざまざと見せつけられることになる。特に伊都子の目をひいたのは、満鉄の巨大さとその未来だ。鉄道会社の域をはるかに越え、工業製品から農作物まで国家事業を手がけているのである。満鉄中央試験所を見学した際、最新の石炭精製の工程を説明され、伊都子はほとほと感心してしまった。

日本は今、人類のため満州という土地で壮大な実験をしているのである。満州帝国を傀儡だの侵略だのと言っている、アメリカ人やイギリス人にもこのさまを見せてやりたいものだ。

「そういえば浩《ひろ》さまはお元気であろうか」

満州国皇帝の弟、愛新覚羅溥傑《ふけつ》の妃、嵯峨浩には会ったことがないが、顔は知っていた。李徳《イト》恵《ケ》がまだそれなりにはつらつとした女学生だった頃、女子学習院の同級生との写真を見せてくれたのである。

「この方が尾崎雪香さま、前にお話しした尾崎行雄さんのお嬢さんです。そしてこの美しい方は嵯峨浩さま……」

まるで女優のような華やかな顔立ちであった。大きな瞳がひときわ目をひく。嵯峨侯爵家の娘だというが、地味な堂上華族で鍋島とはつき合いはない。が、嵯峨浩という名前をのちに思い出すことになる。昨年新聞に溥傑との結婚が大々的に載ったのだ。

ことの子細は、すぐに皇族たちに伝えられた。皇帝溥儀は、弟の妃に皇族の女王を願ったというのであるが、すぐに日本政府によってはねつけられた。日本の皇族との婚姻は、日本の皇族、華族、朝鮮の王公族にしか許されないと皇室典範増補によって定められている。よって格下の侯爵ということになったのであるが、溥傑は知的で美しい浩をひと目で気に入り、二人は相思相愛というのである。

それはまあよいとして、

「李王妃方子《まさこ》女王に次ぐ国際親善結婚」

と書きたてる新聞もあり、伊都子はかなり不快となった。満州帝国を否定する気はないが、急ごしらえの国家という印象はぬぐえない。おちぶれたとはいえ五百年の歴史を持つ李朝とは比べるべくもないだろう。それに方子は皇族の女王であったのだ……。

そんないきさつがあったものの、この満鉄の胸のすくような発展のさまを見ていると、満州というところも悪くないような気さえしてくる。今、わが国は国をあげて入植者を募り、満州の大地を第二の日本としようとしているのだ。伊都子は行ったことがないけれど、満州帝国の首都新京は、日本が巨費を投じて建設した素晴らしい新都市だという。整った広い道路に、荘厳な建物が並んでいる。この旅の最初に訪れた大連も、まるでヨーロッパのような趣があった。あの見事なアカシヤの並木を思いうかべるたび、伊都子はそこに全力を注いだ日本人を思わずにはいられない。世界一優秀で勤勉な国民、義を尊び死をも怖れぬ誇り高さ。なぜなら国民の頂点には、天皇がいらっしゃるからだ。天皇陛下はすべての国民の精神のよりどころとなっている。そしてそのすぐ下にいるのが自分たち皇族だ。地方や外地を歩けば、人々は頭を垂れ、その姿を見た光栄に感動する。

戦争が始まってから、伊都子の皇族であることの自覚はますます深くなっていく。考えてみると、今まではせいぜいが公式参拝ぐらいの外出であったのに、このところ皇族妃たちの出番は多い。これほど人前に出たことはかつてないことであった。

たまに日赤で奉仕をしていた方子も、東北地方の病院を慰問している。東北は凶作が続き、それが青年将校決起の要因のひとつとも言われているのであるが、それについての方子の感想は少ない。

「りんごの花が白く咲いて大層綺麗でございました」

と言うぐらいである。こういうところが伊都子には歯がゆくてたまらない。この未曾有の国難に対して、娘も自分のように奮い立ってもらいたいものだと思う。

それなのに方子の関心は、ひとり息子の玖《ク》のみに向けられているようだ。夫の李王は少将となり、北支へと出征していく。皇族が戦地に向かうのはそう珍しいことではないのであるが、

「殿下は一国の王でいらっしゃるのですよ」

と方子は憤慨していたものだ。この数年で方子がすっかり李王家の人となっているのには驚きであった。李王は軍人の自分にもしもなにかあった時の用心に、幼稚園児の玖に祭事を教え始めているというのだ。京城の宗廟に祭られている先祖の位牌を書き写した。八十一あるというそれを、幼ない玖にひとりひとり説明しているというのである。

「それをまた、玖《きゆう》ちゃんがまわらぬ舌で、一生懸命復唱するのですよ、それを見ていると……」

方子は目頭をおさえたが、伊都子は不思議なほど共感出来なかった。


戦況が厳しさを増すにつれ、伊都子はますます多忙となった。

愛国婦人会総裁の東伏見宮周子《かねこ》妃から依頼され、総裁代理をつとめることになったのである。四国や関西の総会に出席し、その合い間には病院慰問が待っている。日赤の奉仕も忘れない。防寒服を縫ったり、ボタンをつけたりする。防寒服は生地が厚いので、針をとおすだけでもひと苦

労だ。力を込め過ぎて血が出ることもある。さすがの伊都子も、気づかれぬようにため息をつくこともあった。

そんな最中に鍋島の母が亡くなった。八十五歳であった。晩年は少々呆けていたため、食料品の窮状はまるで理解出来ない。日々貧しくなる膳の干物を見て、

「なぜこのように貧しいものを食べさせるのか」

と騒ぎ出した。

「母上、今は戦時中でございます。米も魚も思うように手に入りません。どうかご辛棒ください」

伊都子の言葉に、

「戦時中？　いったいどこと戦争をしているのだ？　支那か？　それともロシアか、それならばすぐに終わるであろう」

と濁った目を向けた母は、昭和十六年一月に亡くなったが、それはそれでよかったと伊都子は後に思うようになった。まだ立派な葬式が出せたからである。

四月になると、各宮家でも防空壕をつくるようにと宮内省から通達があった。が、こんなものは何の役にも立たないだろうと伊都子は憤然とした。小さな穴に逃げたところでどうなるものでもない。しかし手をこまねいてばかりはいられなかった。戦争というものは、今まで日本の外で起こり、伊都子たちは慰問袋をつくり包帯を巻く奉仕をしていればよかったのだが、今度の戦争は違うらしい。日本の空から爆弾が落ちてくるのだ。

伊都子はもしもの時のために、簡易寝具を考案した。軽い布団の両脇を自分で縫い綿を入れた。ここにすっぽり入れれば、冬でもどこでも暖かく眠れるはずだ。これは関東大震災の時の知恵が伝えている。

それだけではない。バケツリレーを思いたった。もし爆弾が邸に落ちてきても初期消火をうまくすればなんとか食い止められると聞いたからだ。職員の妻たちから侍女、いつもは顔を見たこともない下女まで六十人近く玄関前に集めた。

「こういうことは、まず女の力が必要なのですよ」

指導する宮内省役人の号令のもと、皆がバケツを手渡す作業を始めた。しかし下女はともかく、バケツなど持ったことのない女たちは動きが鈍く、相手に渡す距離やタイミングがうまくつかめない。

「そんなことで、本当に火事になったらどうするのか」

と伊都子は声を張り上げた。

こうした女たちの奮闘とは反対に、男性皇族たちはいささか情けない。

十一月のある夜、東伏見宮邸でいつものように皇族親睦会が開かれた。最近、悪酔いする皇族がいて、伊都子は最初から気が進まなかった。しかし、

「伊都君さまがいらっしゃらないと、皆さまががっかりします」

という他の妃殿下たちの言葉に押し切られてしまったのである。

皇族親睦会といっても、親戚たちの気安い集まりである。簡単な日本料理の仕出しをとり、最近貴重なものとなった酒は、朝香宮が調達してきた日本酒の他に、年代ものの葡萄酒もある。伊都子は〝とらや〟に無理を言ってつくらせた生菓子を持参し、賀陽宮は干した鮭を肴にと持ってきた。

思いがけない馳走に皆喜んで、なごやかに食事が終わった。その後はボールルームに移り、東伏見宮がレコードをかけた。芸者が歌って流行《はや》っているみずほ踊りである。

「早苗ナー、早苗とる手も麦踏む足も、揃た揃たよ　村中が揃た　ドッコイ、ドッコイサイサノサ」

男たちは出鱈目に盆踊りを始める。これを何度もしつこくレコードをかけるので、伊都子はすっかり閉口してしまった。

その後はダンスが始まったのであるが、中心にいるのは、朝香宮と東久邇宮である。還暦も近い伊都子よりも五歳下だから二人とも五十四歳になる。老人の二人が、他の妃殿下と何とかワルツを踊ろうとしているさまは、醜悪としか言いようがない。

九時を過ぎたところで、伊都子は主催者である東伏見宮妃に退出を告げた。

「もうあの二人の年寄りにはおつき合い出来ません。お先に帰ることにいたします」

本当に腹が立っていた。来なければよかった。

「これだから酒飲みは嫌ですよ、うちの宮さまも多少お召し上がりになるが、あのように乱れることはありません」

「あのお二人も、おつらいことがあるのでしょう」

伊都子より六つ年長の東伏見宮周子妃は、愛国婦人会総裁を長くつとめ、温厚な性格と聡明なことで知られていた。良子《ながこ》皇后の相談役をつとめている。

「今日は、陛下ご臨席のもと、軍事参議会が開かれたと聞いています。閑院さんが議長で、伏見さん、朝香さん、東久邇さんもご出席です。アメリカともうどうにもならない時が来ておりますのでしょう。身内の会で、お酒でも飲まずにはいられないのですよ」

周子妃はたおやかに笑った。岩倉具視を祖父に持つ典雅な美貌は、さすがに衰えてはいたものの、気品高い様子は皇族妃たちの尊敬と憧れを集めている。

「もうこんな暮らしは嫌でございます」

伊都子は思わず本音を漏らした。

「このところ荷物の整理と、防空壕づくり、そうでなかったらバケツリレーの練習ばかりです。たまには、歌舞伎を見とうございます」

「そう、そう、伊都君さんは歌舞伎がお好きでした。私は見たことがないけれど、とても面白いものだそうですね」

周子妃の口調にまるで非難がましいところがなかったので、伊都子はさらに続ける。

「幕が上がると、それはもう見事なものでございますよ。春の演《だ》しものならば、桜の絵がいっぱいに描かれ、秋ならば紅葉がございます。そして市村羽左衛門の綺麗なこと、芸の上手いことといったら……。周君さまにも一度お見せしたいものです」

「戦争が終わったら、ぜひご一緒に」

「はい、ぜひ」

車が到着し伊都子は乗り込む。きりりと冷えた、星の美しい夜であった。

その夜の一ヶ月後、日本軍はハワイ真珠湾を攻撃し、戦争はいっきに舞台が世界となった。もう鍋島の母が言ったような支那やロシアが相手ではない。

「夢のごとき大勝利、アー何と有難い事にや」

と伊都子は日記に記す。日本はまだ戦争に負けたことがないのだから、今度もきっと勝つ。


昭和十七年の元旦のことを、伊都子は後々まで思い出すことになる。

それは皇族妃として最後の正式拝賀であった。マント・ド・クールに長いトレーン、ダイヤモンドの王冠を頭にのせ、胸には勲一等宝冠章を飾った。どちらもまばゆく光っている。トレーンは学習院から選ばれた二人の美少年がひいた。

守正も第一礼装の大礼服を身につけ、白い羽根の帽子をかぶった。守正は最近「髭の宮さま」として人気が高い。白髭のカイザル髭が立派な八の字を描いているが、何ともいえぬ愛敬もかもし出しているらしい。

まず宮中にて、各宮家は両陛下に新年の祝いを奏上する。陛下の両脇には弟宮たちが並んでいた。姪の勢津子の傍には秩父宮が立っていたが、大層痩せて顔色もよくない。肺の病いを得て、このあいだまで御殿場で静養していたはずであるが、この戦況でまた軍に復帰したとも聞いている。その横には高松宮両殿下が立っている。美しく可憐な容姿の喜久子妃は、薄桃色のローブデコルテが大層似合っていた。しかしご結婚から十年以上たとうとしているのに、子どもはまだいない。二人めの親王もすくすくお育ちになり、子の福は陛下がひとり占めしているかのようであった。

末っ子の三笠宮の隣りには、昨年結婚したばかりの百合子妃がいた。学習院を出たばかりのあどけなさである。この方も大宮が選び、教育していらっしゃるということだ。まだ十八歳だというのに、重たい王冠をつけ微動だにしない。さすがは大宮が見込んだ姫だけあると皇族妃たちはみな感嘆していた。

やがて午後の儀になる。皇族たちも上座にまわり左右に並んだ。総理大臣たち閣僚や、各国大使たちの挨拶を受けるのだ。当然のことながら、戦闘相手の国はとうに大使館をひき揚げている。昨年の拝賀にやってきた仏国大使夫人の、高く結い上げた金髪を伊都子は列の中にふと見たような気がしたが錯覚であろう。

総理大臣の東条英機がまず年賀を述べる。この禿頭の眼鏡の男を、陛下はあまりお好きではないと漏れ聞いている。

東条は両陛下、皇族たちに深々とお辞儀をした後、後ろ向きのまま下がろうとした。その時、絨毯に足をとられてバランスを崩した。よろけたのは一瞬で、すぐに彼は体勢を戻したのであるが、険しい顔になり自分の足元を睨んだ。そのことは輝やかしい拝賀の記憶の中で、ひと刷毛の不吉なこととしてなぜか伊都子の中に残った。

それから二年後、日本がどうしようもないところまで来ていると、伊都子が感じたのは、ダイヤモンドを供出したことでも、学徒動員が行なわれたことでも、皇太子が日光に疎開したことでもない。

十六歳の時から、四十五年間、ほとんど毎日書き続けてきた日記、その日記帳が手に入らなくなったのである。

文房具店からは紙も鉛筆も何もかも消えていたが、日記帳もないとはどうしたことだろう。世の中に自分ほど日々書いている者などいないと思うのだが、とにかく日記帳がなくなっているのだ。皆は他のことに使っているのかもしれない。

仕方なく伊都子は、家にあった罫紙を和綴じにした。そして墨をすってこう記す。

「紀元二千六百四年　閏《うるう》年甲申　三百六十六日　決戦第三年」

そしてこの手づくりの日記には、もはや戦果は記されない。

「サイパン島。あゝ、一ヶ月もちこたへたけれどもとうとう敵の手におちて残念」

「とうとう大宮島（グアム島）、テニヤン（マリアナ諸島）も、一兵に至るまで戦かって、二十七日までに、全員悉《ことごと》く戦死せるもの、ごとし」

そして昭和二十年五月二十四日がやってくる。夜中からサイレンが鳴り響く。B29二百機が来襲したのだ。この頃、梨本宮邸には、工兵隊が来てつくってくれた、コンクリート製の防空壕が完成していた。天井までは一メートル、十畳の広さというなかなか立派なものである。

サイレンが鳴り続け、伊都子たちは夜の十時には防空壕の中に入った。職員や侍女たちには、もし邸に焼夷弾が落ちても、壕の中に入るように伊都子は命じた。

「訓練はしたがバケツリレーなど役に立つはずがない。何よりも命が大事。消火は護衛の兵隊と消防団にまかせておけばよい」

入り切れない者は、土手にあらたにつくった壕の中に入れた。

守正は、壕の中にしつらえた椅子に座り、こうつぶやいた。

「もう今夜は駄目だろう。仕方ない、宮城にも焼夷弾が落ちたぐらいだから」

「何をおっしゃいますか」

伊都子はきっとまなじりをあげた。

「この邸には貯水槽が二つもあるのですよ。ここからポンプ車を配置すれば、どんなことがあっても大丈夫と消防団員は請け合ってくれました」

しばらくたって耳をすましていると、扉にバシャバシャと水があたる音がする。そして大声が聞こえた。

「申しわけありません。ただ今、御殿の屋根が焼け落ちました」

「仕方ない……死人が出なければいいのだが……」

守正が天井を見上げる。伊都子は今、地上で燃えさかる邸を思った。

建坪七百坪あった、書院づくりの美しい建物。玄関のゆるやかな半円を描く屋根は、京都御所と同じだ。あたりをはらうような気品を漂わせていた梨本宮邸、それが今めらめらと燃えているのだ。

鉄の扉が熱くなってきた。自分たちもここで蒸し焼きになるのかもしれぬ。が、それもいたしかたない。皇族妃として生きてきたが、死ぬ時は武士の娘として死んでいこう。

覚悟を決めて目を閉じ、どのくらいたったろう。

「やっと収まりました。お出になられても大丈夫です」

と声がした。外に出る。夜が明けようとしていた。初夏の早い日の出の下、守正と伊都子は焼け落ち灰となったわが家を見つめた。

そしてこの時のことも、伊都子は日記に書く。手づくり日記帳は身のまわりのものと一緒に、壕の中に持ってきていた。昔の日記帳はとうに疎開させている。

「あはれ、あの大なる家はあと方なく、ちょろ〳〵火があるのみ。なさけないやら、何ともいひ様のない有様」

この日、炎はすべての宮家を焼いていた。秩父宮邸、三笠宮邸、山階宮邸、伏見宮邸、閑院宮邸。それどころか宮城の一部と大宮御所も焼けたのだ。

しかし〝準皇族〟である李王家の紀尾井町の邸は、全くの無傷であった。伊都子は車で迎えに来てもらい、李王邸に避難した。ここは何の遠慮もいらない娘の家である。風呂に入って夕食を食べた。そして客用の寝室に入った。

「八時過からやすみ、ぐっすりねる」

なぜだかわからぬが、その夜は大層心地よく、安らかな眠りがやってきた。

十六

八月十五日、終戦の詔《みことのり》を伊都子《いつこ》は河口湖の別邸で聞いた。

陛下が何をおっしゃっているのか、そのお気持ちまでひとことひとこと、身にしみるようにわかった。陛下のこれほどせつなく悲し気な声を聞いたのは初めてであった。

「御自身様は万難を御しのび遊ばしても赤子《せきし》をたすけむとの有難き大御心、只々恐れ多ききわみ、涙はこみ上るのみ」

その日も伊都子は日記を欠かさなかった。

筆を走らせていても、涙はとめどなく流れてくる。憎らしいのは、日本をここまで追いつめたアメリカ人やイギリス人だ。歯ぎしりしたいほど口惜しい。

「今後は神の御力のあらんかぎり米英の人々を苦しめなければ、うらみははれぬ。どうしてもこのうらみははらさねばならぬ。ア、、、、――」

涙で墨がにじんでくる。口惜しい、口惜しい――。

「三千年来のかがやかしき此日本をめちゃくちゃにしてしまった。ことに明治天皇の尊き偉大なる大業も空しくゆめとなった」

ああ、あの聖帝に対して、もう顔向けが出来ない。

伊都子は明治天皇に拝謁した明治の日を思い出した。新築なった永田町の鍋島邸に、天皇が行幸されたのである。二階の玉座にお座りになった天皇は、相撲や剣術、手品をご覧になり大層喜ばれた。そして次の日に、美子《はるこ》皇后から、伊都子は人形を賜ったのである。

十歳であったが、軍服姿の天皇の立派さ、皇后の美しさはよく憶えている。幾つになるのかと天皇はお聞きになり、父の直大《なおひろ》が代わってお答えした。

特別にしつらえた玉座の傍にはバルコニーがあり、品川の海が見渡せた。夏の陽に輝やく海は、帝の軍服の金のモールと共に、ただただ眩しく強烈な思い出となって伊都子の中にある。

まさしく神であった帝の御世には二つの大戦があったが、どれも日本は勝利したではないか。あの偉大なる明治大帝。

その帝がおつくりになったこの国土を、米英がやってきて蹂躙しようとするのか。陸海軍は何をしていたのか。自害しておわび申し上げるのが本当であろう……。

とはいうものの、伊都子が口惜し涙にくれている間にも、事態は動いていく。八月三十日にはマッカーサー元帥が、厚木に到着したのである。続いてアメリカの進駐軍が続々と日本に上陸してくる。この頃既に伊都子は東京に戻っていた。五月の空襲で屋敷が全焼した後、特別に用意してもらった汽車で河口湖に向かった。その際伊都子は焼け跡で留守番する者たちに、

「今度帰ってくるまでに、家を建てておくように」

と命じておいたのである。

普通に考えると不可能な話であるが、職員たちは奔走した。たまたま強制撤去される茶室があり、その材木を運んできたのである。といっても茶室であるから六畳と三畳、二畳の台所という狭さだ。東京に戻ってきた伊都子は、侍女たちと二つ残った蔵に寝た。

こんなつらいことは初めてである。まず便所に困った。トタンで囲った穴で用を足さなくてはならないのだ。高貴な者のならいとして、伊都子は樋箱《ひばこ》を使っていた。焼ける前の屋敷には、二畳の畳の間があり、そこに引き出し型の箱があったのである。そこには杉の葉が敷かれ、一日ごとに替えられることになっていた。それが今、六十三歳の伊都子は、侍女につきそわれてトタンの中に入っていくのだ。すぐに音を上げた伊都子は二日後、李王邸に駆け込んだ。那須別邸で終戦を聞いた李王一家であるが、宮内省の要請に従って東京に戻ってきていたのである。

「おたあさま、これからいったいどうなるのでございましょうか」

屋敷も残り何も失なっていない方子《まさこ》は、青色のオーガンジーのワンピースを着て、もんぺ姿の

母に尋ねた。自分たちには何も情報が入っていないというのだ。

日本が降伏した後、朝鮮の南はアメリカ軍が占領し、北の方はソ連が進駐してきている。そうした中にあり、王という存在はどう考えても宙ぶらりんなのである。

「何も心配することはありません」

伊都子は自分に言いきかせるように、強い口調になった。

「日本が負けようと、皇室や我々に変わりがあるはずはないではありませんか。静かに混乱が収まるまで待つのです」

事実、皇室は機能していたのである。十月十七日には神嘗《かんなめ》祭が宮中で、十一月二十日には靖国神社で臨時大招魂祭が行なわれ、皇室の方々はもちろん、多くの皇族、準皇族の李王夫妻も儀式に臨んだ。皇族たちは疎開させていた大礼服や、袿袴姿の替わりの宮廷服でのぞんだのである。

この直後、ＧＨＱからの命で、各宮家の全財産が調査されることとなった。梨本宮家のそれは四百八十五万円であった。この中には三井信託に預けておいた宝石類も入っている。戦時中の〝ダイヤ供出〟の際にも知らん顔をしていた、大切な宝冠や指輪も入っている。宝冠は梨本宮に嫁ぐ時、わざわざパリまで人を行かせてつくらせたものだ。いくら国のためといっても差し出す気はさらさらなかった。

「全くアメリカというところは、なんとものを知らずであろうか。財産を教えろ、などと失礼な仕打ちをして、私たち皇族が特別な存在だということを知らないのだろうか」

おおいに憤慨した伊都子に、さらに衝撃的なことが起こった。なんと守正が十二月二日戦犯に名指しされたのである。それまでも東条英機の逮捕や、杉山元《はじめ》元帥の自殺が続いていたが、伊都子は自分たちとは無関係なことだと思っていた。守正が皇族として〝お飾り〟の元帥だったことは、誰でも知っていることではないか。事実守正は軍のことはもうわからぬと、満州事変からほとんど口を出さなかったのだ。神嘗祭がいけないというのならば、八百万《やおよろず》の神がいる日本はどうなるのだ。伊都子は取材に来た記者たちを怒鳴りつけた。

「無礼者、皇族を何と考えているのですか。皇族が罪人のように刑務所に入るわけがないではありませんか」

伊都子は宮内大臣を呼びつけたが、全くらちがあかない。大臣といえども、GHQには全く頭が上がらないのだ。

「あなたはどうして、皇族のことをきちんとアメリカに説明しないのですか。皇族の人間はふつうの人間とはまるで違うのですよ。皇室のすぐ下にあって、国民から崇められている雲上の者たちなのだと、どうして伝えないのですか」

喋べっていると、もどかしくて涙が出てくる。自分がもし英語が喋べれたら、マッカーサーに直に話してみたいものだと思う。そしてあのことも叱ってやりたい。正装して対面に臨まれた陛下に対し、脚を拡げていたあのだらしない格好はどうだ。戦前ならば、不敬これに極まれりと、日本国民に殺されたに違いない……。

やがて十二月十二日、風呂敷包みひとつで守正は家を出た。巣鴨拘置所に向かう。

「面会に来なくてもよい」

守正は言った。

「鉄格子ごしに会いたくはない」

「あたり前です。私は絶対にまいりません。誰が牢屋に入れられた夫を見たいでしょうか」

こんな間違いはすぐに終わるはずだと、伊都子は息を整える。あの下品で無教養なアメリカ人たち。歴史を持たない恥ずべき輩は、もうじき日本を去るだろう。こんなおかしなことが長く続くはずはない。愚かな軍人たちが戦争を始め負けてしまったのだが、じきに終わる、こんなことは。

再びローブデコルテを着て、宝石と勲章を胸に飾り、宮中に参内する日がやってくるのだ。下々の者たちがはびこる日は、じきに終わるに決まっている。

翌年四月十三日、守正はGHQのジープに乗せられ、ひょっこりと帰ってきた。顔はやつれ、髪は伸びている。しかし自慢の髭はそのままだ。伊都子はどれほど安堵したことだろう。

その前から世の中が凄まじいスピードで変わり始め、伊都子は一人ではとても耐えられそうもなかったのである。

政府はインフレを抑えるため預貯金を封鎖した。婦人参政権が認められた。五月にメーデーというものが行なわれた。デモ隊が赤旗を立て宮城《きゅうじょう》に入っていった。新しい日本国憲法が出来た。

じわじわと伊都子はその気配を感じていたといってもいい。ＧＨＱは皇族の特権を剝奪し、普通の人間と同じように税金を課してきたのである。財産を調べさせたのはそのためだったのだ。

「こんな事ばかりならば、長命してゐてもつまらぬ。なぜ焼けた時に死ななんだかと、くやむ」

最終的に税金を払うために、宝石を売り、蔵の軸を売り、琴も売った。しかしそんなものではとても足りない。河口湖の別邸も手放すことにした。

そしてついにその日がやってきた。昭和二十一年、皇族たちは参内する。そして天皇自ら、臣籍降下をお告げになったのだ。

伊都子はもう日記に心情を書かない。淡々と事実だけを記す。

「昭和二十二年　十月十四日臣籍降下。いよいよ本日より、十一宮家は一平民となる事になったに付、区役所へ戸籍を届出、其他、手続きをする。むろん、配給、其他も一般市民と同じになった」

しかし平民ということが、伊都子には全くわからぬ。一度も平民というものになったことがないのだから。まわりにも平民はいたが、宮家の職員か侍女たちだ。彼らがどのような生活をしているのか想像もしたことがなかった。

が、今の伊都子はひどく貧しい。食料難の方は戦後二年がたち、少しずつ改善されていったもののの、その食料を買う金がないのだ。財産税は皇族たちの財産を根こそぎ奪うものであった。おまけに何度も泥棒に入られ、蔵の中のめぼしいものをあらかた盗まれてしまったのである。どうやら平民というのは攻撃に長け、平民でなかった者に襲いかかるらしい。梨本宮家は、その後何度も、職員に金を持ち逃げされたり、詐欺まがいの事件に遭遇する。

そんなある日、李鍵《イゴン》公と妻の佳子が挨拶にやってきた。

「本日より平民になったのでよろしくお願いいたします」

あまりにもさわやかに言った。日本人となり今日からは桃山虔一《けんいち》、桃山佳子と名乗るという。李鍵は、李王の兄李堈《イガン》の長男で、弟の李鍝《イウ》は八月六日の広島原爆で亡くなっている。李王家を継ぐ者は数少ないのに、これでまた一人去っていくことになる。

「李のままでは、いろいろ不都合なことがおありなのでしょう」

方子は寂しく笑った。李王家は屋敷こそ残っているものの、ほとんど息の根を止められているといってもいい。年に百五十万という皇室に次ぐ莫大な歳費は、敗戦と同時に廃止となり、故国朝鮮からの不動産収入や株の配当も全く途絶えている。今や李王家は、広大な屋敷を日本の参議院議長公邸として貸し出し、自分たちは侍女部屋に住んでいる身の上なのである。

新しく南の権力者となった李承晩《イスンマン》大統領は、二人を帰国させる気はまるでないらしい。王といっても李王は、数え十一歳の時から日本で暮らし、国民との交流はいっさいなかった。国王として愛されることも崇められることもない不思議な存在である。最初李承晩は、李王の「王政復古」を怖れていたらしいが、李王にはそのような才も気概もないことが漏れ伝わってくる。李王と方子は、今はただの厄介なお荷物なのだ。

桃山虔一となった李鍵は、その後渋谷の闇市で、使用人が始めた汁粉屋を手伝ったりとさまざまな事業に手を出した。佳子も、社交クラブに勤めたりしたが、結局二人は別れてしまう。

「何ということだろう。離婚などとひと聞きが悪い。あの時はさんざんあなたたちの世話になったというのに」

伊都子は、次女の規子《のりこ》相手に愚痴を漏らした。規子の夫広橋真光《ただみつ》も、伯爵という身分は失くなっているが、帝大出の官吏ということでまずまずの暮らしをしている。伊都子は、いずれ土地を遺す心づもりをしていた。

「松平の家は無爵だったから、佳子が嫁ぐ時に、広橋の養女にしてやったのではないか。それなのに、戦争が終われば別れるとは、ああ……」

「やはりあのお二人には、無理があったのではないでしょうかね。日本と朝鮮との思惑で、無理やり結びつけた二人ですもの」

「そんな、よくもまあ……」

まるで李王夫妻まで否定しているようではないか。が、昔からずけずけとものを言う規子は、少しも臆することなくこう続けた。

「まあさんは私と違って、優しくて辛棒強い方です。けれどお二人のこれからの苦労を思うと、私は居ても立ってもいられない気持ちになります。私たちは日本の平民になればそれでよいのですが、まあさんたちは朝鮮の平民ですもの。それがどんなものなのか、まだ誰もわからないんですよ」

李王家は九百六十万円の財産に対し、七百五十万円の財産税が課せられていた。なすすべもなく、かつての自邸の侍女部屋で暮らす親子三人の運命は、独立した朝鮮の為政者にゆだねられているといってもいい。

「それからこんなことをお聞かせしたくはないけれど……」

規子はそこでいったん口ごもった。

「李鍵さま……いいえ桃山さまが裁判を起こすと専らの噂です」

「いったい何の裁判なのか」

「佳子さまとの間のお子さまが、自分の子どもではないと証明したいそうです」

「……」

その後に聞かされた言葉は、皇族妃であった伊都子には想像も出来ないことであった。

「佳子さまには、結婚前に好きな方がいらした、お子さまはその方との間の子ではないかと桃山さまはまわりにおっしゃっているそうです」

「なんということだろう……」

結婚披露宴の時の佳子を思い出す。ウエディングドレスを着て晴れやかに微笑んでいた。爵位こそないものの、藩主の血筋の華族の娘である。その娘が不義を働いていたとは。

「仕方がありません。とにかくあの頃は、日朝融和をまず皆さま、考えていたのですからね」

そっけない規子の言葉は、このうえないあてつけに聞こえて仕方ない。これで伊都子の気がかりがまたひとつ増えた。

「宗《そう》のところはいったいどうなっているのだろうか」

戦争中は精神を病んだ徳恵《トケ》のめんどうをみることが出来なくなった。確か松沢病院に入院させていたはずである。以前だったら宗武志《たけゆき》を屋敷に呼びつけ、どうなっているのかと問い糾すところであるが、今はこんな小さなあばら屋である。使用人も執事と侍女、事務員の三人だけになった。こんなところにとても呼べるものではない。

が、思いがけない機会が訪れた。李王家のひとり息子、玖《ク》がアメリカに留学することになり、ささやかな祝いの会が開かれたのである。学習院のボーイスカウトに入っていた玖は、初等科の頃からアメリカ行きを強く希望するようになった。クラスメイトの伏見宮家の博明と誓い合い、二人で英語学習とアルバイトをしていたというのである。戦後五年がたっているといっても、アメリカ渡航は容易なことではない。しかし二人はGHQの司令官を頼り、正式な手続きも済ませたというのである。

おっとりというよりも、新しい時代の波をただ眺めているだけの李王と方子に、伊都子は何度も歯がゆい思いをしてきた。こちらも騙されたり、持ち逃げされた回数は梨本宮家の比ではない。焼け出されなかったはずなのに、方子は宝石などほとんど手放していた。

それなのにひとり息子の、この力強さはどう言ったらいいのであろうか。国籍を越え、ひとり新天地に向かおうとしているのだ。

この日は小さな応接間を使うことを許され、縁の者たち八人が集った。かつて玖の誕生日には、東京會舘のコックが派遣されたものであるが、今回はそれぞれに折り詰めの弁当が出された。

そこで数年ぶりに宗武志と会ったのである。品のある整った顔立ちには、苦労の跡が刻まれていたが、それは今の日本人すべてに共通しているものだ。

陸軍に召集され、終戦後は英語力を買われてＧＨＱの教育局顧問となった。そして今は麗澤短期大学で英文学を教えているという。麗澤短期大学といえば、彼を救った廣池千九郎が創立した私塾が前身の学校である。

「緑に囲まれた素晴らしいところですので、ぜひ一度遊びにいらしてください」

と屈託のない笑顔を見せる。ひとり娘の正恵《まさえ》は早稲田大学に入学していて、今日は授業のために欠席していた。

「早稲田では英文学を学んでおります。いつか私の跡を継いでくれるのではないかと期待しています」

「まだ上目黒からお通いなのか」

「幸いなことに、上目黒の屋敷は焼けることなく残りましたが、ご多分に漏れず持ちこたえることが出来ませんでした。今は下目黒に引越しました。小さな家ですが、庭が広くて果物がとれます。目黒川もすぐそこでなかなかよいところです」

その後、態度を変えて、

「いずれご報告にあがらなければと思っておりましたが、妻《さい》は今、松沢病院に入院しております」

「聞いています」

「実は李王家の方から、もうそろそろよいのではないかというお言葉をいただいておりまして」

「それは徳君さんのことですね」

「はい……」

宗は目を伏せた。男にしては長い濃い睫毛であった。

「とうとう徳君さまをお幸せにすることが出来なかった、自分が本当に不甲斐ないと思っております」

妻《さい》ではなく、〝徳君さま〟と言ったことに宗の気持ちがあらわれている。伊都子はおよそ二十年前、結婚したばかりの宗が、新婚の妻を歌った詩の一節をふと思い出した。

「わたつみの　ひこぢの御子は
木《こ》の花の　下照らす君。

侍女《まかたち》よ、歌へ　祝歌《ほぎうた》、
うらうらと、ああ　うらうらと。」

あの時、徳恵はもう精神を病んでいた。それを承知でまとめた縁談であった。

「宗伯爵は、私のことを恨んでいらっしゃるのか」

その質問を以前にもしたような気がするが、定かではない。

「とんでもないことでございます。ただ今は徳君さまに対して、申しわけない、という気持ちでいっぱいでございます」

灰色の背広を着た宗は、かすかなやつれが影を添えてますます魅力的になっている。長身で美男子の彼は、まだ四十二歳なのだ。これからいくらでも再婚が出来るに違いない。そう考えると、李王家からの申し出は妥当なことであるが、自分に相談してくれなかったことに不満が残る。この縁談は自分と大宮とが力を合わせてやりおおせたことなのだ。が、これも時代なのだろう。いたしかたあるまい。そしてこれは畏れ多いことであるが、伊都子は大宮に対して密かに深く腹を立てていた。それは三年前、天皇の弟の三宮を残して皇籍離脱した皇族について、こうおっしゃっていたというのだ。

「あの人たちは長くいすぎたのですよ」

真実かどうかわからない。しかしいかにも大宮のおっしゃりそうなことだと伊都子は考える。どうしてかわからないけれど。

その大宮は次の年の五月に崩御された。一月には守正が亡くなっている。伊都子は一人になった。土地を切り売りしながら生活する毎日である。

李王家も似たりよったりで、別邸はすべて手離し、ついに紀尾井町の屋敷は売られることになった。買ったのは堤康次郎という名うての実業家で、これをホテルにするということだ。しかしこの金の一部で、李王と方子は玖のいるアメリカに行くことが出来たのだ。マサチューセッツ工科大学建築科を卒業した玖は、ニューヨークの建築会社に就職し、結婚していた。相手は同僚のアメリカ人だという。

もう伊都子は驚かない。元皇族たちが次々と離婚したり、おかしな宗教を始めたりする時代だ、元皇族の孫で、朝鮮の王の息子が青い目の嫁をもらったとしてもそう不思議なことはなかった。娘はジュリアといって、平凡な容姿をしていた。庶民の出だというのはその顔つきからもすぐにわかる。

ふんと、伊都子は方子から送られてきた写真を文机の上に無造作に置いた。最後に残った渋谷の八十坪を東海銀行に売り、ようよう建てた新居である。おそらくここが終の棲み家になるだろうと、七十六歳の伊都子は考えるのである。

陽あたりのいい八畳間で、伊都子はテレビをつける。皇太子が民間の娘を見初めたと発表されていたが、今日はいよいよ記者会見なのである。妹の松平信子からも昨夜電話があった。皇后さんが、このご結婚に反対で、非常に御機嫌がよろしくないと。

たくさんのマイクの前に、一人の令嬢が座っていた。伊都子はこんな美しい娘を見たことはなかった。自分の知っている華族の娘たちはみな細面であるが、その娘はふっくらとした丸顔であった。丸顔といっても、愛らしい、というのではなく、おかしがたい気品と知性に溢れている。女子大を首席で出ているという。

それは伊都子が初めて目にする新しい女であった。そして彼女はこれから皇太子妃となり、皇后となるのである。

伊都子の脳裏に方子の顔が浮かぶ。徳恵の顔も、佳子の顔も、幸せではなかった細面の女たちの顔が。

しかし伊都子はそんなことは認めたくない。日記帳をたぐり寄せる。こう記した。

「もうもう朝から御婚約発表でうめつくし、憤慨したり、なさけなく思ったり、色々。日本ももうだめだと考へた」

主要参考文献

『梨本宮伊都子妃の日記 皇族妃の見た明治・大正・昭和』小田部雄次　小学館文庫　二〇〇八
『三代の天皇と私』梨本伊都子　講談社　一九七五
『銀のボンボニエール』秩父宮妃勢津子　主婦の友社　一九九一
『皇后さま』小山いと子　朱雀社　一九五九
『日韓皇室秘話―李方子妃』渡辺みどり　中公文庫　二〇〇一
『李方子：一韓国人として悔いなく』小田部雄次　ミネルヴァ書房　二〇〇七
『徳恵姫―李氏朝鮮最後の王女』本馬恭子　葦書房　一九九九
『恩師 宗武志先生』望月幸義　麗澤会　二〇一五
『日の雫　宗武志詩集』宗武志　沙羅詩社　一九七八
『宗武志教授還暦記念文集』宗武志教授還暦記念文集刊行会　一九六九
『詩集 海郷』宗武志　第二書房　一九五六
『紀行１１０日』宗武志　廣池学園出版部　一九六四
宗武志画展　作品目録　一九八三
「詩田　宗武志先生追悼号」詩田の会　一九八五
『興宣大院君と閔妃―朝鮮王朝最近世史』金熙明　洋々社　一九六七

『朝鮮王朝実録　改訂版』朴永圭　訳・神田聡、尹淑姫　キネマ旬報社　二〇一二
『朝鮮の歴史がわかる100章』朴垠鳳　訳・文純實、姜明姫　明石書店　二〇〇三
『朝鮮雑記─日本人が見た1894年の李氏朝鮮』本間九介 監修・クリストファー・W・A・スピルマン
祥伝社　二〇一六
『閔妃《ミンビ》暗殺─朝鮮王朝末期の国母』角田房子　新潮文庫　一九九三
『朝鮮朝宮中風俗の研究』金用淑　監修・大谷森繁　訳・李賢起　法政大学出版局　二〇〇八
『王妃たちの朝鮮王朝』尹貞蘭　訳・金容権　日本評論社　二〇一〇
『朝鮮王朝最後の皇太子妃』本田節子　文春文庫　一九九一
『朝鮮王公族─帝国日本の準皇族』新城道彦　中公新書　二〇一五
『李氏朝鮮最後の王李垠：第1巻 大韓帝国 1897─1907』李建志　作品社　二〇一九
『李氏朝鮮最後の王李垠：第2巻 大日本帝国〔明治期〕1907─1912』李建志　作品社　二〇一九
『歳月よ王朝よ─最後の朝鮮王妃自伝』李方子　三省堂　一九八七
『李王朝六百年史』李太平　洋々社　一九六八
『韓国の歴史』水野俊平　監修・李景珉　河出書房新社　二〇一二
『写真で知る韓国の独立運動』（上・下）李圭憲　訳・高柳俊男、池貞玉　国書刊行会　一九八八
『朝鮮王朝の衣装と装身具』監修・著・張淑煥　訳著・原田美佳他　淡交社　二〇〇七

あとがき

この本は小田部雄次先生の『梨本宮伊都子妃の日記』がなくては書くことは出来ませんでした。

小田部先生をご紹介してくださった、ノンフィクション作家の工藤美代子さん共々深く感謝します。

また私に、

「李王家との縁組みは、伊都子が積極的に進めたことではないか」

という最初のヒントをくださったフェリス女学院大学の新城道彦先生、宗武志の資料を提供くださった
麗澤大学名誉教授田中駿平先生、そして毎回ご教示をくださった浅見雅男先生にも深くお礼申し上げます。

初出「文藝春秋」二〇二〇年一月号〜二〇二一年四月号

林真理子（はやし・まりこ）

一九五四年山梨生まれ。日本大学芸術学部を卒業後、コピーライターとして活躍。八二年エッセイ集『ルンルンを買っておうちに帰ろう』がベストセラーとなる。八六年「最終便に間に合えば」「京都まで」で第九四回直木賞を受賞。九五年『白蓮れんれん』で第八回柴田錬三郎賞、九八年『みんなの秘密』で第三二回吉川英治文学賞、二〇一三年『アスクレピオスの愛人』で第二〇回島清恋愛文学賞を受賞。主な著書に『葡萄が目にしみる』『不機嫌な果実』『美女入門』『下流の宴』『野心のすすめ』『最高のオバハン 中島ハルコの恋愛相談室』『愉楽にて』などがあり、現代小説、歴史小説、エッセイと、常に鋭い批評性を持った幅広い作風で活躍している。『西郷どん！』が一八年のＮＨＫ大河ドラマに。同年紫綬褒章受章。二〇年には週刊文春での連載エッセイが、「同一雑誌におけるエッセーの最多掲載回数」としてギネス世界記録に認定。同年第六六回菊池寛賞受賞。近著に『綴る女 評伝・宮尾登美子』『Ｇｏ Ｔｏ マリコ』『小説８０５０』がある。

李《り》王《おう》家《け》の縁《えん》談《だん》

二〇二一年十一月二十五日 第一刷発行
二〇二二年 二 月 一 日 第四刷発行

著　者　林《はやし》 真《ま》理《り》子《こ》
発行者　大川繁樹
発行所　株式会社 文藝春秋
〒一〇二‐八〇〇八
東京都千代田区紀尾井町三番二十三号
電話 〇三‐三二六五‐一二一一
印刷所　凸版印刷
製本所　加藤製本
ＤＴＰ組版　言語社

ISBN978-4-16-391466-4